夏目漱石

梦十夜

散文经典

〔日〕夏目漱石 著
李振声 译

人民文学出版社
PEOPLE'S LITERATURE PUBLISHING HOUSE

夏目漱石
梦十夜

图书在版编目(CIP)数据

梦十夜 /(日)夏目漱石著;李振声译. —北京:
人民文学出版社,2024
(夏目漱石散文经典)
ISBN 978-7-02-018439-2

Ⅰ. ①梦… Ⅱ. ①夏… ②李… Ⅲ. ①散文集-日本
-近代 Ⅳ. ①I313.64

中国国家版本馆 CIP 数据核字(2024)第 003723 号

责任编辑 **胡司棋 周 展**
装帧设计 **李苗苗**

出版发行 **人民文学出版社**
社　　址 **北京市朝内大街 166 号**
邮政编码 **100705**

印　　制 **山东新华印务有限公司**
经　　销 **全国新华书店等**

开　　本 **889 毫米×1194 毫米 1/32**
印　　张 **7**
字　　数 **105 千字**
版　　次 **2024 年 1 月北京第 1 版**
印　　次 **2024 年 1 月第 1 次印刷**

书　　号 **978-7-02-018439-2**
定　　价 **50.00 元**

如有印装质量问题,请与本社图书销售中心调换。电话:010－65233595

目录

梦十夜

第一夜

我做了这样一个梦。

我抱着胳膊，落座在枕边，仰面躺着的女人用静静的语调说道：我就快死了。女人的长发披散在枕头上，轮廓柔和的瓜子形脸[1]横卧其间。雪白的两颊深处，恰到好处地泛出暖和的血色，唇色自然是红的，一点也看不出像是要死的样子。可女人用寂静的语调，清清楚楚地说：我就快死了。我也觉得，此番是必死无疑的了，于是，深深地俯视着，问道：是么？就快死了么？就快死了，女人答道，并睁开了大大的眼睛，大而潮润的眸子，埋在环围的长睫毛里，乌漆漆的。漆黑的眸子深处，清晰地浮映着我的身影。

望着这双清澈见底的黑眸子的色泽，我不禁思忖，连这黑眸子也要死去么？便体贴地将嘴凑近枕边，又反复问道，

---

① 日本女性中美人脸型之一。明治二十四年（1891），漱石就读东京帝大期间，曾记述过前往医院求治沙眼时，在休息室与一女子相遇的情景。据镜子夫人口述、松冈让笔录的《回忆漱石》："细高挑儿的身材，长脸，姣美一女子——这便是人们常常挂在嘴边的那种可人心意的女子。"

不会死吧？你没事吧？于是，女人睁着迷离惺忪的黑眸子，仍以静静的语调说道：可是，死，是奈何不得的呀！

那么，看得清我的脸么？她专注地问。看得清么？呀，正在那里边映着呢！她微微绽出了笑容。我默然无语地将脸从枕边挪开，抱着胳膊思忖道，难道就没有一丝生的希望了么？

过了好一会，女人又说：

死后，请把我埋了。要用大珍珠贝壳挖墓穴，然后将天上坠下的星辰碎片放置在墓碑上，然后在墓旁守候着，因为我还要来见你。

我问；什么时候来看我？

日头升起，是吧，然后日头坠下，是吧，然后再升起，再坠下——在通红的日头自东向西、自东向西坠下的日子里——你能等着我么？

我默然无语地点头答应下来，女人用越发显得寂静的语调，断然决然地说道：

请等上一百年！

请在我的墓旁坐等上一百年！因为我一定会来见你的。

我只得回答说：我等着。于是，清晰地倒映在漆黑眸子里的我的身影，便一下子土崩瓦解了，就像映在平静水面上的倒影被人搅动后星散流走了似的，刚察觉到这一点，女人的眼便啪的一声阖上了，眼泪从长长睫毛间滴落到了脸颊上——她死了。

于是，我走下庭院，用珍珠贝壳挖出了墓穴，是那种很大的、边缘光滑而又锋利的珍珠贝壳。每挖一下，月光便在贝壳的内壁上闪烁一下。潮润的泥土气息也随之弥散开来。墓穴很快就挖好了，我将女人安置在墓穴里，然后在上面轻轻地撒上柔软的泥土。每撒一次土，珍珠贝壳的内壁便会有月光泛出。

然后，捡来坠落的星辰碎片。这些碎片，想来是在从太空坠下的那一长段时间里，被打磨掉棱角、变得光滑的吧？在将它们拢来放置在土墓上的当儿，我的胸膛和手稍稍变得暖和了起来。

我在青苔上坐了下来，思忖着从今往后的百年间，得一直这样守候着，一边抄着胳膊，瞅着圆圆的墓石。这当儿，正如女人说过的那样，日头从东方升了起来。是一轮巨大的红日。又如女人说过的那样，很快便坠向西天去了。通红通红的，一下子便坠了下去。我数道：一。

过了好久，红彤彤的太阳复又慢吞吞地升了上来，然后默不作声地坠落下去。我数道：二。

数着数着，我却闹不清自己和这红彤彤的日头究竟打过多少次照面了。数呵数呵，任你怎么数，通红的日头仍是没完没了地从头上飞越而过，即便如此，百年还是迟迟没有来到。后来，望着已生出苔藓的圆墓石，我不禁起了疑心，该不会是女人骗了我吧？

于是，斜对着我这边，从墓石下探出一枝青茎，转眼间就长高了，长到我齐胸高时便停住了。颤巍巍的茎端，有一轮像是向人点头致意似的细长花蕾绽开了蓬松的花瓣。洁白的百合在我的鼻尖处散发出彻骨的花香。露珠在它的上方遥遥滴落下来，花便因自身的重量而前仰后翻地晃动。我伸出脖子，吻到了滴落着清凉露珠的白色花瓣。我把脸从百合那里挪开的一刹那，无意中瞥见了远处的天空，晨星正眨了眨眼睛。

这时我才意识到：百年已经到了！

第二夜

从和尚的屋子里退身出来，点着迷迷瞪瞪的纸灯笼，沿走廊回到自己的屋子。单膝跪在蒲团上，拨着灯芯时，灯花啪的一声溅落在了朱漆的灯台上，一时间屋子里突然亮堂了起来。

隔扇移门上的画出自芜村①的手笔，黑黑的柳枝，或深或浅地随处勾描着，带有几份寒意的渔夫，斜戴着斗笠正行走在河堤上。挂在壁龛里的画轴上，是骑着狮子、驾云渡海的文殊菩萨②身姿。焚余的线香依然在暗处飘散着香气。寺院空旷清寂，显得了无人气。灯笼的圆影，投射在黑糊糊的天花板上，乍一仰脸，看上去像是活物似的。

支楞着一条腿，左手掀起蒲团，朝右边一捅，那里早已安置妥帖了，那就好，于是将蒲团放回原位，在那上面舒坦

---

① 与谢芜村，江户时代画家、俳人，少时擅长绘画，文人画造诣深湛，绘画之余则作俳句，与松尾芭蕉齐名。

② 即渡海文殊，一种佛教画，描绘文殊菩萨以狮子为座骑，率领随从乘云渡海的情景。文殊，即文殊师利的略称，偕同普贤，侍列于释尊的左侧，系司掌智慧之菩萨。

地坐了下来。

你是个武士。武士悟不了道，那就说不过去了！和尚说。既是如此的开不了悟，看来你并不是什么武士！和尚说。不过是人间的渣滓！和尚说。哈哈，发怒了！和尚笑着说。要是心里觉得窝火的话，那就拿出开悟的证据来！和尚说着，把头扭向一边。岂有此理！

到隔壁客堂间壁龛里的时钟敲响下一个时刻时，非给我开悟不可。开悟后，今夜还要入室独参。于是，将和尚的脑瓜与开悟做了番换算：开不了悟，就取不了和尚的小命。无论如何也得开悟。我是武士。

要是开不了悟，那就自刃。武士一旦受辱，就没有脸面再苟活于世了。体面地死去吧！

寻思之间，手不知不觉伸到了被褥下面，拽出一柄朱鞘短刀。猛力攥住刀把，除下朱鞘，寒冽的刀刃一下子在漆黑的屋子里闪出了光亮。这锋利无比的东西，像是要从手中嗖嗖逃逸而去似的。于是，杀气向一处凝聚，悉数集中到了刃尖上。望着这锋利的刀刃，在九寸五分的刃尖上，被无念无悔而又无可奈何地敛缩成了针尖状，突然涌出了干它一家伙的冲动，身上的血朝右腕流去，攥着的刀柄变得潮黏，嘴唇也哆嗦了起来。

把短刀收回鞘中，掖在右腋下，然后盘腿趺坐，做了个全伽①——赵州曰无②，无者何谓？我咬牙切齿咄道：这鸟和尚！

因死命紧咬臼齿，滚烫的气息从鼻孔间粗狂呼出。太阳穴痉挛作痛。眼睁得有平常日子加倍的那么大。

看得清悬物，看得清灯笼，看得清榻榻米，和尚的秃脑瓜也历历在目，就连张着大嘴岔儿的嘲笑声，也听得一清二楚。混账和尚！非得把这秃脑瓜卸掉不可！开悟给他瞧瞧！用舌根念叨：无、无。虽念叨着无，却仍能闻到线香的气息，明明闻得到线香，却偏偏要说无。

攥紧拳头，冷不防嫌厌地朝自己脑袋打去。接着，臼齿

---

① 伽，通常写作跏，全伽，即结跏趺坐之意，与半跏相对的一种坐禅方式。

② 赵州，唐代禅僧。《无门关》第一则赵州狗子条："赵州和尚，因有僧问：狗子还有佛性也无？州云：无。"《无门关》作者为南宋无门慧开（1183—1260）。亦称《禅宗无门关》。狗子云无这一公案，为该书之根本思想。

咬得咯咯作响。汗水从两腋下流出，背脊变得木棍似的僵硬。膝盖接缝处突然作痛起来，伸屈着膝盖琢磨道，到底怎么回事？但就是痛，真要命！怎么也开悟不了。刚以为要开悟了，痛感便马上袭来。气恼。万念俱灰。窝心透了。眼泪潸然落下。真想横下心来，对准巨岩撞去，让骨肉统统碎成一堆齑粉。

虽则如此，仍忍着一动不动地趺坐着，将难以忍受的苦恼盛在心胸间忍着。虽说这苦恼焦灼地鼓动起体内的肌肉，像是马上要从汗毛孔中喷涌而出，但又四处受窒，找不到一处导泄口，是处在这么一种残酷至极的状态。

就在这当儿，我的头脑变得匪夷所思起来。灯笼、芜村的画、榻榻米、格橱里的隔板，看上去全是若隐若现、似有却无、似无却有的样子。说起来，无，便是眼前空无一物，只是大咧咧地坐着。正寻思着，隔壁客堂间的时钟当的一声敲响了。

我恍然想起，右手立时攥住了短刀。时钟敲响了第二下。

第三夜

我做了这样一个梦。

背上驮着个六岁的孩子。确确实实是我的儿子。好生奇怪的是，他的眼睛不知什么时候瞎了，推了个青光光的和尚头。我问他，眼睛是什么时候弄坏的？他回答道，什么呀，早就瞎喽！说话的声音虽说还是个孩子，但措辞完全像个大人，而且是一种与大人平起平坐的口气。

左右都是绿田。路很窄。鹭的影子时不时浮现在夜色中。

“这走的是去庄稼地里的路哩。”他在背上说。

“你怎么知道？”我转过脸去问道。

“你没听见鹭在叫？”孩子回答道。

于是，果然，鹭叫了两声。

虽说驮着的是自己的儿子，我还是感到有几分害怕。我闹不清背着这么个孩子走下去，会出现什么样的情况，得找个地方把他搁下才是。我朝前面寻索，夜色中发现了一片很大的丛林，那倒是个好去处。我刚这么一寻思，背上就发出了一声冷笑。

“笑什么？”

孩子没回答，只是问道：“爹，沉吧？”

“呵，不沉。”我答道。

“马上就要变沉的！”他说。

我默不作声地向那片丛林走去。路曲折蜿蜒，很不规则，要走出这片田野绝不像想象中的那么容易。走了会儿，路岔成了两股，我在路的分岔处站下，稍稍歇了口气。

“该有块石头竖在这里的。”小家伙说。

果真，一块八寸见方的石碑竖立着，高可及腰。碑的左边镌刻着“日之洼”①三字，右边是“堀田原”②。虽然夜色昏暗，但这几个红字仍看得清清楚楚。字是那种蝾螈腹般的红色。

“往左边走，行么？”小家伙命令道。朝左边看去，前面丛林的深重阴影，正从高高的天空朝我们泼头倾泻下来。

① 日之洼，旧时东京麻布区一地名，分北日下洼町与南日下窪町，位于今港区六本木五、六丁目一带。

② 位于旧时北日下洼町、明治年间贵族洼田氏邸址附近一带。

我有点踌躇。

“甭担心!”小家伙又说。我硬着头皮向丛林走去。明明是个瞎子，却什么都清楚，我一边在心里暗中寻思，一边顺着两条道中的一条，渐渐挨近树林。“眼睛瞎了，有多不方便呵!”背上的孩子说。

“有人背你还不行?”

“让你背着，真对不起。但就是不能遭人欺侮，就连自己的亲爹，也不能让他欺侮我!”

我不由得感到腻烦起来。紧了紧脚步，只想赶快去丛林里把他搁下了事。

“再稍稍走上一程就明白了——正好也是这么个夜晚!”孩子在背上像是自言自语地说道。

“什么?”我紧张万分地出声问道。

“是什么，你还不清楚?”孩子反嘲似的回答说。不知何故，我很乐意地做出一副十分知情的神情，但显然是毫不知情。只隐隐觉得，好像是这么个夜晚，觉得再稍稍朝前走几步就会真相大白，真相大白了就麻烦了，得赶在真相大白之前快快把这孩子扔下才行。我越发紧了紧脚下的步子。

雨从前一晌就下起来了。路渐渐变得幽暗起来。像是在做梦。只是背上黏着个毛孩子，这孩子就像一面不会漏掉一星半点事实的镜子，熠熠闪烁，烛照和洞悉着我全部的过去、现在和未来。更何况这是我自己的儿子，而且是个瞎子。这真叫我受不了。

"到了，就是这儿！正好是在那棵杉树底下！"

孩子的声音，在雨中听起来显得格外地清晰。我不由得停下了脚步。不知不觉间已来到了丛林当中。相距一间屋子开外处的漆黑之物，确如孩子所言，是一棵杉树。

"爹，就在那棵杉树的底下！"

"哦，是吧。"我不由自主地应了声。

"是文化五年辰年①吧？"

没错，好像是文化五年辰年的事。

"你杀我，距今正好一百年！"

话音刚落，我的脑子里立时醒悟到了这样一个场景：距

---

① 即1808年。

今一百年前的这么个昏黑的夜晚，就在这棵杉树下，我杀了一个双目失明的人。我原来是个杀人凶犯！刚意识到这一点，背上的孩子便骤然间变得像石地藏菩萨一般地沉重起来。

第四夜

没铺地板的屋子中央搁着张凉床，四周摆着小凳。凉床泛着幽黑的亮光。角落里，老爷子①就着一方食案，正独自饮酒，下酒的菜肴像是酱炖的。

随酒一杯一杯落肚，老爷子的脸变得通红通红，并且光泽红润得找不到一处皱纹，唯有丛生的一把白胡子，表明他是个上了岁数的老人。我虽是个孩子，却很想弄明白这老爷子到底有多大岁数了。正巧，提着水桶来屋后长竹管下汲水的老婆婆，用围裙拭着手问道：

“大爷，您高寿多少？”

老爷子吞咽着满嘴的酱炖菜肴，若无其事地答道：

“多少岁数？早忘啦！”

---

① 漱石写于明治三十八、三十九年（1905、1906）的《断片》：“老人之 description（描写）独自朝道路的某处走去。在 tavern（小酒馆）向旁人打听，其人是何年何月来到此地的。回答是，不知道。去到河边。走进河中。”明治四十年（1907）之《断片》：“下到河里，快步向前蹚去，直至河水淹过头顶，也未见其上岸。”也有人认为，这是漱石留学英伦时代所留下的一段记忆。

老婆婆用细长的和服衣带绞着拭过的手，站在一旁望着老爷子的脸。老爷子朝饭碗般大的酒盅里斟上酒，饮下，然后从白胡子间长舒出一口气。于是，老婆婆问道：

“大爷，您府上是哪里？”

老爷子收住长舒了一半的气，说：“肚脐里边！”

老婆婆把手插进细长的和服衣带里边，又问：

“去哪里呢？”

于是，老爷子又往饭碗般大的酒盅里斟上酒，饮下，像刚才一样地舒了口气说：

“去那边！”

“一直朝前？”

就在老婆婆发问的当儿，舒出的气息呼的一声穿过隔扇移门，打柳树底下，直奔河滩而去。

老爷子走出屋外。我也从后面跟了出去。老爷子的腰间耷拉着一只小小的瓢箪，悬在肩头的方匣垂到腋下。穿着浅黄的紧腿裤和浅黄的坎肩，唯有布袜是正黄色的，看上去像是皮制的一般。

老爷子笔直地来到柳树下。柳树下有三四个孩子。老爷子笑着从腰间拽出一方浅黄色手巾，像捻纸绳似的把它捻得又细又长，放在地当中，然后，绕手巾画了好大一个圈，最后，从肩头悬着的匣子里取出一支卖糖果人常用的那种铜笛来。

“眼睛一眨，手巾就会变成蛇，瞧好喽，瞧好喽！”他翻来覆去地念叨。

孩子们死命地瞅着那手巾。我也一起瞅着。

“瞧好喽，瞧好喽，好不好？”老爷子吆喝着吹起笛子，沿圆圈转起圈来。我一门心思瞅着那手巾，但手巾仍纹丝不动。

老爷子嘘嘘地吹着笛子，绕圆圈转了好多圈。他踮起脚下的草屐，蹑手蹑脚地，对手巾百般陪着小心似的转着圈。看上去既让人害怕，又让人觉得好玩。

不一会儿，老爷子突然止住了笛声，然后打开肩头悬着的匣子，稍稍攥住手巾的脖颈，随手往里边一扔。

“往里边这么一搁，就会在匣子里变成蛇。这就让你们瞧，这就让你们瞧！”老爷子这么念叨着，直往前走去。他穿过柳树，下了那条又窄又长的小路。我因为心里惦念着想看蛇，便随他来到小道上，一路走去。老爷子不时地说："马上就成！""变蛇喽！"一边不停地走着。后来，他唱了起来：

"马上就成，变蛇喽。"

"肯定会变，吹笛喽。"

唱着，唱着，终于来到了河岸上。既没有桥，也没有船，该在这儿歇下来，让我瞅瞅那匣子里的蛇了吧？我刚这么思忖着，老爷子却哗啦哗啦地朝河心蹚起水来。起初，水只有没膝深，渐渐地，从腰间至胸脯都浸没了，消失在了水中。但老爷子仍在唱：

"水深喽，天黑喽！"

"笔直向前走喽！"

一边唱着，一边义无反顾地笔直走去。然后，胡子、脸、头、头巾，全都消失不见了。

我思忖道，待老爷子上了对岸，该会让我看到他的蛇了吧？我站在芦苇簌簌作响的地方，独自一人久久地等候着。可老爷子始终没有上岸。

第五夜

我做了这样一个梦。

不管怎么说，那也该是一段十分古老的故事了，想来当是接近神话时代的一段往昔之事。因为背运，我吃了败仗，被人生擒，强拽着蹲在了敌军大将的面前。

那年头，人都长得武高武大的，并且都是长髯簇生。紧系的皮带上，挂着一柄棍子似的剑。弓看上去直接就是一段未经修饰的粗大藤蔓，既没有上漆，也没有打磨，朴素自然至极。

敌军大将右手攥住弓的正中，弓支着秣草，就这么落座在横卧着的酒瓮上。瞅一眼他的脸，只见鼻子的上端，是左右两道连成一片的粗眉。那个年头，当然不会有剃须刀这一说。

我是俘虏，自然没资格看座，就在秣草上盘腿坐着。脚下蹬一双大草履。那年头的草履，统很高，站起来够得着膝盖，统端留下几穗编剩下的草，垂挂着，走起路来，一步三颤，起一种装饰的作用。

敌军大将用篝火照着我的脸，喝问，是想死还是想活？这是当时的一种惯例，不管是谁，大致都会对俘虏这样发问的。回答想活，那就表示打算降服之意，若回答想死，便是表示决不屈服，我只答道：想死！敌军大将把支在秣草上的弓掷向一边，嗖地抽出挂在腰间的那柄棍子般的剑来。篝火趁着风势，火舌从一旁向我舔来。我将右手枫叶般地展开，掌心朝向敌军大将，高举过目。这是表示稍安勿躁的一种手势。大将把那柄粗重的剑咔嚓一声收回了鞘中。

即便是这样的时刻，心里也还是存有着眷爱的。我说，在我死去之前，很想看一眼自己所思念的女子。大将说，那就等到黎明鸡啼。得在鸡啼之前把那女子唤到这里来，要是到鸡啼仍来不了，那就看不上她一眼，我就被杀了。

大将一动不动地坐在那里，眺望着篝火，我盘起大草屐，在秣草上等待着女子的到来。夜渐渐地深了。

篝火不时地发出崩塌的声响，每崩塌一下，火焰便惊慌失措似的斜向大将一边，浓黑的眉毛下，大将的眸子熠熠生辉。于是，不知是谁走了过来，将新树枝扔进熊熊篝火之中，霎时间，篝火发出了劈劈啪啪的爆鸣。这声响像是要把黑暗反弹回去似的，勇猛而泼辣。

此时，女子曳出栓在屋后小橡树上的一匹白马，将马鬃前后抚摸了三遍，然后飞身跃上高高的马背。这是一匹既没有鞍也没有镫的裸马。女子修长的双腿一叩马腹，马便一溜烟地奔驰起来。不知是哪个起来给篝火添加柴火的，瞥见了遥远天空中的依稀薄明。马正迎着这微明的曙色，从黑地里飞驰而来，马喷出的鼻息，犹如两道火柱，就是这样，女子修长的双腿仍一刻不停地叩踢着马腹。疾驰的马蹄声在天宇间回荡着，女子的长发像风幡一样拖曳在黑夜里，即便如此，还是没能赶到那点着篝火的地方。

于是，漆黑一片的路旁，突然响起了鸡鸣声。女子身子后仰，猛力勒住手中的缰绳，马的前蹄啪地镌刻在了坚硬的山岩上。

喔——鸡又啼鸣了一遍。

女子呵地惊叫一声，紧攥着的马缰一下子松弛了下来。马四膝跪地，与背上的骑者一道朝前倒仆在地。岩下是万丈深渊。

马蹄的印迹至今仍残留在山岩上。那几声鸡啼原是恶魔天探女学的鸡叫。只要这马蹄的印痕仍镌刻在山岩上，天探女就是我不共戴天的怨敌。

第六夜

听说运庆①在护国寺②的山门上雕刻金刚③塑像，我趁着散步前去观看，不想在我到达那里之前，早已围着一大群人，在那里七嘴八舌地品评着了。

距山门前五六开间处，是一株巨大的赤松，枝干斜逸，遮庇着山门的瓦脊，直向遥远的苍天伸展开去。松的翠绿与朱漆的山门互为映衬，相得益彰，并且松的位置也长得恰到好处，像是有意要不挡住山门左端的视野似的，斜劈而过，

① 运庆，日本镰仓时代的著名佛像雕刻师，生卒年不详。定朝五代孙康庆之子。文治、建久年间（1185—1195），参与奈良东大寺、兴福寺的修复，尤以雕刻东大寺南大门的金刚著称于世。安元二年（1176）至贞应二年（1223），是其创作力最为旺盛的时期。

② 指东京本乡区音羽町（今文京区大五丁目四十番一号）之新义真言宗丰山派大本山。天和元年（1681），德川五代将军纲吉之母发愿所建。其后发生过变迁。亦称“音羽护国寺”。漱石时代的护国寺金刚雕像，因年代湮久，早已不复是运庆原物，这一点漱石恐怕没有意识到。

③ 又名哼哈二将，一左一右，守护在佛寺门口的一对力士。手中所持之金刚杵，单叉者名独钴，三叉为三钴，五叉则为五钴，用以表示破除烦恼之菩提心，由铁或铜铸成。金刚身强力壮，作怒目而视状。其中一个咧着嘴，一个则紧闭双唇。

尽力朝上，一直要到屋脊之上，方才铺天盖地地探出头来，不知怎么的，让人觉得它身上有一种古风犹存的味道，也可以说是镰仓时代的古风。

但围观者跟我一样，都是明治时代的人。里边还以车夫居多。多半是在路旁招徕客人，无聊得难以自遣，才聚到这儿来的。

“好大的家伙呵!”有人说。

“比生养一个活人还要费心费力哩!”也有人说。敢情?正寻思间，一个男子嚷道:“嗬!是金刚哪!现如今还兴这金刚么?嘿，真是那么回事呢?我还以为金刚只有古时候才雕呢!”

“好强壮呵!虽说古时候人都长得强壮，但从没听说有像金刚这般强壮的，说什么也要比日本武尊①来得强壮哩……”另一位男子这样说道。这男子掖起后衣襟，也没戴

① 日本武尊，神话人物，原名小碓皇子（82—113），遵父皇之命平定西方的熊袭国与东方的虾夷国，留下了许多传说，班师途中，在征伐近江伊吹山的叛乱者时患病，死于伊能褒野。“日本武”这一尊号，即是此次被讨伐的熊袭国主帅川上枭临死之际，感铭其武勇而呈献的。

帽子，看来是个无知无识的汉子。

运庆舞动着凿和锤，毫不理会围观者的众说纷纭，连头都不回一下。他攀在高处，手中的凿子不住地在金刚的脸部游移着。

运庆头上扣一顶小黑帽，闹不清是不是素袍的两只肥大袖管绑在脊背上。这身穿着打扮实在陈旧过时，跟一旁嗡嗡围观议论着的人比，显得极不协调。我不禁一边观看，一边感慨，运庆何以要活到如今这样的世道呢？这是多么不可思议的事！

但运庆仍专注地雕刻着，看上去丝毫也不觉得自己有什么不可思议和古怪的。一位年轻男子抬头望着运庆的神态，侧过脸来朝我称赞道："到底是运庆呵！目中根本没有你我的位置。天下英雄，唯有金刚和他自己，是这样的一副神态，真了不起！"

我觉得这话说得有趣，遂瞥了他一眼。那年轻男子忙又一叠声地说道：

"瞧这运凿和挥锤的把式，自是到了从心所欲不逾矩的妙境！"

此刻，运庆正在金刚粗眉上端一寸间横着凿去，复将凿刀竖过来，自上而下斜着一路锤凿下去。刚觉得坚硬的木头被雕削了一下，厚厚木屑随锤应声飞出，金刚鼻翼翕张作发怒状的鼻子侧面便突然浮现了出来。这刀法果然无拘无束，并且不带半点迟疑。

“运凿好生漫不经心，眉和鼻却雕得如此得心应手。”因为感佩至极，我也不禁自言自语起来。于是，刚才那位年轻人便接口道：

“什么呀！这眉和鼻才不是用凿刀雕出来的呢！那不过是把潜埋在木头里的跟这一模一样的眉毛和鼻子用凿刀和锤子挖将出来罢了，就像把石头从泥土里挖出来一样，没错，准是这么回事！”

听了这话，我不禁寻思道，雕刻真是这么回事？若真是如此，那谁不会呢？于是急着也想雕个金刚出来，便退出围观，火烧火燎地赶回家中。

从器具箱里取出凿刀和铁锤，来到屋后。前些日子让一场暴风刮倒的青冈栎，本想用作柴薪的，已让樵夫锯成一截截的，堆了一大堆，正合适凑手。

我挑出最大的一截，摆开架势雕了起来，但不走运，并未发现金刚。第二次也不凑巧，也没挖到。第三次还是没找到金刚的影子。我将堆着的柴薪逐一雕去，但没有一截是藏有金刚的。我终于醒悟到，明治的木头里，是怎么也不可能潜埋着金刚的。于是，运庆何以要活到今天，这里边的道理，也便恍然有所领悟了。

第七夜

好像是乘坐在一条巨船上。

船日夜兼程，吐着黑烟，劈浪前行，没个停歇的时候，发出惊人的轰鸣，但不知道它要驶向何方。唯有烧火箸一般通红的日头，从波涛深处钻出，升到高高的帆柱的头顶上，刚在那儿悬挂了片刻，便又在不知不觉间，抄到了巨船的前头，然后，终于又像烧火箸似的，嗤的一声，沉落到波涛深处去了。每当此时，遥遥的前方，湛蓝的波涛便会沸腾成一片深红。于是，巨船挟着惊人的轰鸣，前去追赶日头的行踪，但永远也追赶不上。

一天，我攥住船夫问道：

“船是在西行么？”

船夫脸上露出诧异的神色，瞅了我半天，然后反问道：

“为什么？”

“因为好像在追逐着落日。”

船夫呵呵笑了笑，然后走开了。

“日之西行兮，尽头为东，此岂非真？日出东隅兮，故里为西，此岂非真？身在波涛之上兮，枕楫而眠，漂流复漂流。”

击节吟哦着，来到船头，只见聚集了众多的水手，正在来回扯动着粗大的帆索。

一种虚妄之感猛地攫住了我。不知道什么时候才能登岸，也不知道船在驶向何方，只有船吐黑烟、劈浪前行，才是唯一确凿无疑的事。波高浪阔，湛蓝得无际无涯，有时也呈紫色。唯有行驶着的船的四周，永远飞溅着雪白的泡沫。一种虚妄之感攫住了我。与其乘坐在这样的船上，还不如纵身跃入海中死去来得痛快，我这样思忖道。

同船共渡的旅客可真不少，差不多都是些外国人，但神情各异。一位倚着船栏的女子不住声地啜泣着，拭眼的手帕是白色的，身上穿的却是一袭印花布料的西服。见到这女子我才意识到，心怀感伤者，这船上原来还不止我一人。

一天晚上，我在甲板上独自眺望星星，有个外国人走了过来，问我知不知道天文学。我正穷极无聊得只想以死了此残生，自然无须去知道什么天文学，便不予答理。于是，他便对我讲起了金牛宫上面的七星故事，然后又告诉我，星辰和大海，无非都是上帝的作品，末了又问我信不信仰上帝。我望着星空，不予答理。

有时走进船上的客厅，便会有衣饰华丽的妙龄女子，正面朝着你在弹奏钢琴，她的身旁，则站着一位高大英俊的男子在引吭高歌，嘴巴开阖大得惊人。两人对自己之外的世界完全视而不见，就连自己是乘坐在船上这件事，似乎也早已遗忘在了九霄云外。

我愈来愈感到虚妄无聊，终于决定前去赴死。于是，一天夜晚，趁周围没有人影时，我毅然决然纵身跃入海中。可是——就在我的脚蹬离甲板、与船分手的一刹那，突然冒出了一种对生命的顾惜之意。若能在心底里终止这一赴死之念那该多好呵。然而，已经迟了。不管情不情愿，我都得坠身于大海之中。眼见得船越显越高，我人虽已与船分离，但到脚抵海水竟并非轻而易举，只是无物可供抓攀，只得听任身体一步步挨向海水，纵使怎样提缩双腿，那也无济于事。海水漆黑一片。

这当儿，船一如既往地吐着黑烟，从我身边驶了过去。

我这才醒悟到，即使是一条不知驶向何方的船，那终究还是乘坐在上面的好啊，但这样的醒悟为时已晚，我只得带着无限的懊悔和恐怖，朝漆黑的波涛静静坠去。

第八夜

一踏进理发铺子的门槛，身穿白褂、正聚成一堆的三四个伙计，便一齐声地吆喝：欢迎光临。

站在铺子正中环视了一眼，是间四方形的屋子，窗子对开在两垛壁上，余下的两垛壁挂着镜子，数一数，该是六块。

我在其中的一块前坐了下来，于是，屁股底下发出一声欢快的呻唤，委实是一把坐着舒心的椅子。镜子里清晰无比地映着我的脸。脸后面的窗和那斜刺里的账台格子，也一一收入眼底。格子里边空无一人。窗外过往的行人，自腰以上的部位，也都历历在目。

庄太郎携着女人打这儿经过。真闹不懂，这庄太郎，不知几时买了顶巴拿马草帽①扣在了头上，那女人也不知几时梳妆打扮了一番，两人一副得意忘形的模样。正待仔细瞅瞅

① 由南美出产的一种草叶编织而成的帽子。明治二十五年（1892）起开始流行，甲午战争后，达到几乎人手一顶的风行程度，但多半产自台湾，给人以一种强烈的异国情调。

那女人的脸，不想一闪就过去了。

卖豆腐的吹着喇叭过来了，喇叭紧贴在嘴上，双颊像让蜂蜇了似的肿胀起来，肿胀得不能再肿胀地打窗外过去，让人瞅着直替他担心，觉得像是让蜂蜇了一辈子似的。

伎艺来了。没化妆，福田髻[①]的底部松散着，像是没系牢在头上似的，一脸的迷迷瞪瞪，脸色很难看，一副惨兮兮的模样。我于是点头打招呼道，哎呀，真是的。可那伎艺却始终没在镜子里露面。

于是，身穿白褂的大个儿男子来到了我身后，手持剪子和梳子端详着我的脑袋。我拈了下稀疏的胡子，问他，人怎么才能出人头地呢？白颜色男子一言不发地用手中的琥珀色梳子，轻轻地叩了叩我的脑袋。

“嗯，怎么才能让头脑也变得出类拔萃呢？”我问。白颜色男子依然一言不发地咔嚓咔嚓剪了起来。为了不漏过任何一个映进镜子里的人影，我一直睁大着眼，可剪子每剪一下，便会有黑发应声飞落，怕有头发掉进眼里，我不得不阖

① 日本伎艺梳的一种发型。

上了眼。于是，白颜色男子这样问道："掌柜的，大门口来了个卖金鱼的，看不看？"

我说不看。白颜色男子遂不再言语，不住地舞动着剪子。突然间，有人高喊了声——"危险！"我猛地睁开眼睛，刚从白颜色男子的衣袖下瞥见了自行车的轮子和人力车的车辕，脑袋便让白颜色男子的双手摁住，使劲拨向了一边。自行车和人力车便从眼前消失了。剪子咔嚓咔嚓作响。

不一会儿，白颜色男子绕到我身侧，在我耳根边剪了起来。因为没有头发在前面飞落，我放心地睁开了眼。栗子糕喽、糕喽糕喽的吆喝声便立时在那头响了起来。卖糕的正手持小木杵，拿腔拿势地朝臼里舂，按着节律在捣糕。我只是在做孩子时经常见过卖栗子糕的，此刻很想看个究竟，但这卖糕的就是迟迟不在镜子里露面，只听得到捣糕的声音。

我竭尽所有的视力注视着镜子的一角。于是，账场格子①里边，不知什么时候已坐进了一位女子。是位体格壮硕的女子。长着稠密的浅色眉毛，头发绾成左右两个发髻，穿

① 商店里记账算账的地方，由低矮门栝圈围而成。

一袭黑缎子衬领的和服夹袄，以支着一条腿的坐姿在核计着钱钞。钱钞像是十日元的面额。女子垂下长长的睫毛，双唇紧抿，努力地点着钱钞，她点得够快的，但钱钞像是怎么也点不完似的。叠在膝头的钱钞也就不过是一百张的样子，这一百张的钱钞，再怎么点也就不过是一百张。

我茫然地凝视着那女子的脸和那十日元票面的钱钞。于是，白颜色男子便大声冲着我的耳根说道："洗头喽！"这可是个良机！我从椅子上站起身，扭头朝账场格子那边望去，但格子里空无一物，既没有女子，也没有钱钞。

付了账，走出大门，只见门口左侧摆着五只小巧玲珑的木桶，桶里盛着好多金鱼，有红金鱼，也有带斑纹的，有瘦的，也有肥的。桶后面蹲着卖金鱼的。卖金鱼的两手托腮，目不转睛地盯着眼前摆着的金鱼，纹丝不动，对熙来攘往的喧闹几乎毫不理会。我停下来，久久望着这卖金鱼的，在我盯着他看的这段时间里，他竟没有挪动过一下身子。

第九夜

不知怎么的，世界变得嘈杂起来，看样子马上就要打起仗来，让人觉得就像是一匹因火灾而流离失所的裸马，没日没夜、暴躁不安地绕着宅地转圈，而步卒们正没日没夜、步履杂沓地追赶着它似的。因而，射手的家显得寂静无声。

屋里，是三岁的孩子和母亲。父亲不知上哪儿去了。父亲是在没有月亮的夜晚去了哪儿的。他在榻榻米上套上草履，戴了黑头巾，从厨房门出去的。走时，母亲手里的六角纸灯，照出狭长的一片黑夜，照见了篱巴前的那棵老桧树。

父亲一直没有回来。母亲每天都要问三岁的孩子："爹呢？"孩子说什么也不吱声，闷上老半天，才像是回答说："那边。"即便母亲再问他："什么时候回来？"孩子仍是笑着答道："那边。"这时，母亲也笑了起来。然后，翻来覆去教他说了不知多少遍的"马上就回来"，可孩子只记住了"马上"两个字。有时问他："爹在哪儿？"他也会回答说："马上。"

入夜后，四邻一片寂静，母亲重又系上腰带，将鲛皮鞘的短刀插在腰带里，用细细的背带将孩子背在背上，悄无声息地出了小门。母亲总是穿着一双草履，孩子常常是听着这草履声，在母亲背上睡着的。

穿过土墙鳞次栉比的屋宅，朝西而去，缓缓下到坂道的尽头处，是一株巨大的银杏。以银杏为标记，右拐，穿过一道巷子，那深处便是石鸟居①。一边是庄稼地，一边是山竹林，在两相夹峙中来到鸟居前，过鸟居，是一片幽幽的杉树林，踩着铺路石再上前二十来开间，便到了一座古老神社拜殿的石阶下。刷成深灰色的香资柜上方，垂下一根粗粗的钟绳，要是在白天，可以看到钟的一旁高悬着八幡宫的匾额。八幡宫的八字，仿佛两两相对的两根鸽子羽毛，是用一种非常有趣的字体写成的。此外，还挂着其他各式各样的匾额。这多半是旌表那些独自实遂了人们憧憬向往的目标的诸侯家臣的，上面附着他们的名字。偶尔也有是因为向神社献纳了长刀的。

① 鸟居，日本神社的大门，类似于中国的牌坊。

打鸟居下走过时，总有林枭在杉树梢头叫着。然后是粗糙的草履发出的吧唧吧唧声。在神社的拜殿前歇住脚，母亲先是敲了敲钟，接着马上蹲下身子，拍手合十。此时，林枭多半会突然变得缄默无声。然后，母亲便专心致志地祈求起丈夫的平安无事来。在母亲的心目中，自己的丈夫是个了不起的人，所以，向弓箭之神的八幡，许下如此超绝一切理由和价值判断的最为恳切的心愿，想必是不会被置之不理的。

有时，孩子让敲得很响的钟声给吵醒了，看到四周漆黑一团，便马上在背上惊哭起来。这时，母亲一边口中喃喃祈求着什么，一边晃动身子哄着背上的孩子，于是孩子往往会安静上片刻，接着却又越哭越凶起来。但母亲横竖就是不起身。

替丈夫的命运祈求了一通之后，母亲这才解开细细的背带，把背上的孩子转到前面，卸了下来，两手抱着，走上拜殿，脸颊紧贴在孩子的脸颊摩挲着说道："乖孩子，就等上一会儿。"说着抻长细细的背带，缚住孩子，把他拴在了拜殿一端的栏杆上，然后，走下石阶，在二十开间左右的铺路石子上，来来回回，拜神祈愿上一百回①。

被绑在拜殿里的孩子，在黑暗中，就着细带留下的那点余地，在宽廊里来回走动着。此时此刻，对母亲说来，便是极其快乐的一个夜晚了。可是，让拴在那儿的孩子那么哇哇一哭，母亲便会心烦意乱起来，拜庙许愿的脚步也会随之变得急促，变得气喘欲绝，万般无奈之际，只得走上拜殿，百般哄着孩子，然后再重新做上一百次的拜庙许愿。

无数个夜晚，让母亲如此苦心焦虑、彻夜不眠担忧着的父亲，早在前些年，就让浪人②给杀死了。

这段悲惨的故事，是在梦里，从母亲那里听来的。

---

① 日本人拜神祈愿的一种仪式。日文为“御百度参り”，也作“御百度詣で”或“御百度回り”。祈求神佛者，每天上神社或寺庙，在一定距离间来回往复参拜神佛一百回。

② 指离开主家，失去俸禄的武士。

第十夜

庄太郎遭女人挟持后，第七天的晚上突然回到了家，一下子倒在了床上，健得知这个消息后，便赶了过去。

庄太郎是镇上第一美男子，人极为善良正直，只是有一样嗜好，那就是一到傍晚，便会头戴巴拿马草帽，坐在水果铺的门口，端详起过路女子的脸来。他就嗜好这个，一直乐此不疲，除此之外，也就找不出能像这样有特色的举止了。

过路女子稀少的时候，他就不朝川流不息的大街看，而是端详着水果。水果品种繁多，篓子里盛放着色彩鲜艳的水蜜桃、苹果、枇杷、香蕉，煞是诱人地排成两列。庄太郎端详着水果篓，说，好漂亮呵！又说，做买卖的话，就得挑水果铺这样的行当。话虽那么说，可他依然头戴巴拿马草帽，游手好闲着。

这颜色好！有时他也这样品评柚子，但又从来不曾掏钱买过水果，当然也就从来不曾吃过，光是称赏着色泽而已。

一天傍晚，有个女子突然站在了铺子的门口，看上去颇有身份，穿着十分端庄，那和服的色泽很合庄太郎的心意，女子的容颜也让庄太郎吃惊不小。于是，他便脱下那顶宝爱的巴拿马草帽，殷勤地上前招呼，女子指着最大的一篓说，就要这个，庄太郎忙不迭地把那篓水果提了过去。于是，女子试着提了提，说了声，好沉呵。

庄太郎本来就闲着，加上又是个十分直爽的人，便接口说，那我来帮着提到府上去吧，说着，随那女子一起离开了水果铺子，就再也没有回来。

这庄太郎，也太无忧无虑了，这一下可怎么得了哟！亲戚朋友们嚷嚷着，乱作一团，到了第七天的晚上，他却突然回来了，于是，前来打听他究竟去了什么地方的人，差不多快把家里的门槛给踩破了。坐电车去山里了，庄太郎回答说。

那自然是坐了很长的一段电车。听庄太郎说，一下电车，人就已经踏在了一片原野上，原野异常辽阔，不管朝哪儿望去，都只能看到茂盛的绿草。他和那女子在草原上一路走去，突然来到了一处断崖上。这时，女子对庄太郎说，你从这里跳下去！庄太郎朝崖底望去，虽看得清断崖，却见不着崖底。庄太郎脱下巴拿马草帽，再三谢绝那女子的提议。于是女子又说，若是横不下心来跳崖的话，那就让猪来舔你，怎么样？庄太郎平生最讨厌的就是猪和云右卫门①，但一想到生命不可更替，终究还是决定暂不跳崖。说话间便有一头猪喷着响鼻出现在了眼前，庄太郎只得用手中细槟榔枝做成的手杖击打猪的鼻尖，猪嗷嗷叫着，打着滚，转身而逃，坠下了绝壁。庄太郎刚舒了口气，另一头猪的巨大鼻子已蹭到了他的身上，庄太郎不得不再次扬起手杖，那猪便嗷的一声，一个倒栽葱，滚进了洞穴中。接着又一头猪出现了。这时，庄太郎忽然留了下神，朝前瞅了一眼，只见绿色草原遥远的尽头处，有数不胜数的好几万头猪，正成群结队，一字排开，喷着响鼻，朝站在断崖绝壁上的庄太郎袭来。庄太郎满心惶恐，却又无计可施，只得挥舞槟榔枝的手杖，照准挨近来的猪鼻尖，不敢有半点懈怠地一一打去。不可思议的是，只要手杖一触碰到猪鼻尖，猪便会滚落进崖谷

---

① 云右卫门，即桃中轩云右卫门（1873—1916），日本风靡一时的民间三弦乐师、说唱艺人。原名冈本峰吉。气度雄健庄重，曲目多歌颂武士道。志贺直哉小说《清兵卫与瓢箪》中的主人公，即取材于少年时代的云右门卫。

深处。庄太郎睃了一眼，只见成群结队坠下深不见底的断崖绝壁的反而是猪。将如此数不胜数的猪逐入谷底的是我么？一想到这个，庄太郎既觉得自豪，又觉得害怕。但猪群仍络绎不绝地袭来，就像一片黑压压长了腿的乌云似的，踏开绿草丛，喷着响鼻，没完没了地袭来。

庄太郎抖擞起殊死的勇气，挥杖击打了七天六夜的猪鼻尖，但终于精疲力竭，手变得柔弱无力，最终倒在了断崖绝壁上，只得听任猪的啃舔。

待庄太郎讲到这儿，健才插嘴道：所以说嘛，老瞅女人，是不会有好果子吃的！庄太郎也觉得这话说得在理。但健接着向庄太郎开口索要那顶巴拿马草帽。

庄太郎最终没能获救。那顶巴拿马草帽，想必已经戴在了健的头上。

（明治四十一年①七月至八月）

① 即 1908 年。

漫　忆

一

总算又回到了医院[1]。想起来，在此度过的那些暑热的朝夕，已是时隔三月的往事了。那段日子，二楼的檐头张挂着六尺来宽的遮阴苇帘，灼热的走廊于是便显得有点阴暗。走廊里放置着友人是公[2]馈赠的盆栽和络绎前来探望我的人捎来的花草，消解了我的寂寞和难当的酷暑。对面那家客栈高高的晒台上，走出两个一丝不挂的男子，顶着毒日头，不顾性命，越过栏杆，虚张声势地在细长的横梁上仰面躺下，我望着他们的戏闹，心生羡意，真想什么时候自己再能拥有一次如此健壮的体格。眼下，一切都已成了过眼往事。就其不复重睹、无从确定这一点来看，譬若梦幻，业已成为杳渺无常的过去。

出院那阵，我遵从医师的告诫，决定前往异地疗养。没

---

① 长与肠胃医院，位于今东京都千代田区内幸町，创建于明治二十九年（1896）。

② 中村是公（1867—1927），漱石大学预备门（相当于预科）时代的好友，曾任“满铁”总裁、铁道院总裁等职。《永日小品·变化》中也写到过他。

想到却在那里再度罹病，就这么躺着回了东京。更没有料想到，竟会是如此的命运，回东京后，没进过自己的家门，便让担架担着，重又被安顿进了原先的这家医院。

回来那天，离开修善寺 ① 时正下着雨，到达东京时也下着雨。让人搀扶着下火车时，特意赶来迎候的人中间，我只看清了半数的脸，而能够以目致意的，不过是其中的二三之数，转眼之间，还没顾得上一一打招呼的当儿，我就已被横置在了担架上。担架覆盖着桐油雨披，以遮挡黄昏的雨。我怀着一种像是让人放倒在了深坑里似的心情，在黑地里不时地睁开眼来。鼻子里嗅着桐油的气息，打在桐油雨披上的雨声和护送担架者的人声，断断续续、模模糊糊地传入耳中，可两眼一抹黑，什么都看不清。火车上，森成君替我插在枕边布制手提袋口的那枝硕大的野菊花，在下车的一场拥挤中给折断了。

担架里，

① 位于伊豆半岛北部的温泉街。

不见野菊枝

唯闻桐油臭

这是事后我将当时那段情景简缩而成的一首俳句。我就这样让那副担架抬上了医院的二楼，在三个月前就曾亲近过的白色床榻上，无忧无虑地舒展开了消瘦的手脚。这是个弥漫着雨声的静谧之夜。我病房所在的这栋楼，只住有三四个患者，因而自然是天籁俱寂，甚至比秋天的修善寺还要来得清寂。

如此寂静的夜晚，心情舒畅地在洁白的毯子里裹着，两小时后，看护妇便将两封电报送到了我的手里。拆开一封，只见上面写着："谨贺平安返京。"电报是人在中国东北的中村是公打来的。拆开另外的一封，同样也是恭贺平安返京这样的辞句，与前一封只字不差。我饶有兴味地端详着这封平凡却又不谋而合的电报，揣度着是谁打来的，寻绎着发报人的名字。但除了 SITETO 这几个字符外，根本不得要领。只是因为发报所在的局属于名古屋，这才勉强做出了推测。SITETO 是铃木祯次和铃木时子当头字母的组合，必定是妻妹及其丈夫无疑。我将两封电报折叠后摞起来，打定主意，等明天一大早妻子来医院，就先将此事告诉给她。

病房的榻榻米是碧绿的，被子是重新浆洗过的，墙也是刚新刷的，整洁而舒心。我立时想起杉本副院长第二次上修善寺为我诊查时对妻子说起，医院已换好了新的榻榻米，正恭候着我们，想不到竟是如此整洁。从约定的那天屈指算来，已是第十六七天，碧绿的席面看来已经静候了多时。

谛听蟋蟀声
想来已数夜

自此夜起，我打定主意，暂且再次将这家医院当作我的第二个家。

二

返回医院的十一日的晚上，我向查房的后藤君打听院长[①]近来的病情，他答道，嗯，好过一阵子，可近来天气稍稍寒冷了些……我便托他见到院长时转达问候。那个夜晚就谈了这些，我便不知不觉地睡了过去。第二天一早，妻子来医院，在我枕边刚落座便告诉我：其实是在瞒你，长与先生上个月的五日就已过世了，丧仪是委托东先生给筹办的。病情恶化是八月末的事，当时你也正在垂危之际。直到此时，我才恍然得知了护理人员有意藏掖院长讣告，对我秘而不宣一事，以及何以要对我秘而不宣的一番苦心。将我的幸存和院长的死两相比较一下，但觉茫然不已，沉默无语。

院长的身体是今年春季败落下来的。上回住院时，就有足足六个礼拜一直没能碰见过他，听人说起，他闻知了我的病因后，曾感慨道，太遗憾了，要是我身体还行的话，是会尽力替他治疗的，可眼下……后来又不时听说他托副院长捎

---

① 长与称吉院长，是“白桦”派作家长与善郎的兄长。

话问候我。

在修善寺，病情出现反复，我对从社里①赶来看望我的森成君郑重其事地有所相托，而前来探望我的森成君则对我慨叹住院的日子格外冗长，就是那个夜晚，院长特意直接给森成君发了份电报，要他尽力为我做出妥善处置。电报的词语，当时我正躺着，自然没法看到，但经由雪鸟君②在我枕边念诵，那词语的读音，作为一段浸满眷顾之意的记忆，至今存留在我的耳际。电报说，暂且留在原地，予以悉心看护。对森成君说来，这是他所得到的一道极为严肃的命令。

院长病情的趋于恶化，与我的陷于危笃差不多是同一个时间。当我大量吐血、在旁人看来已几无一线生还希望的那两三天之后，森成君对我说，医院有事，得回一下东京，那是为了赶在院长生前再去见上他一面，这之后，大约是十天过后，又因为医院有事而第二次赶回东京，那大概是前去参加院长的丧仪了。

① 漱石当时供职的东京朝日新闻社。

② 坂元雪鸟（1879—1938），日本文学研究家、批评家，漱石门生，精通能乐。

从一开始院长就眷顾着我，还间接地在治疗上替我操心，在他渐渐挨近死亡的这段日子里，我那抽缩得如同一线游丝的生命，却跌跌撞撞、不可思议地平安涉过了难关。当院长的死由一座墓标永久地确定下来之时，我的生命之根却坚韧地缠绕在骨髓之上，在严酷而又澈冷的骨髓四周，开始营造出疏通血脉的新细胞。院长墓前供着的鲜花，几经枯萎，几经更替，从胡枝子、桔梗、黄花龙芽，到白菊、黄菊。入秋后约一个月，足以使我康复的血潮，便在这段日子里充盈于我的皮肤之下，使我得以重新返回这家由院长一手缔造的肠胃病医院。而在这段日子里，我对院长的死还一无所知。直到回来后的第二天清早，妻子来医院，才将事情原原本本告诉了我，而在这之前，我还一直以为自己患病的过程，院长在东京是知道的，正打算等身体复元，出了院，前去向他酬谢；若在医院里碰上面，即向他深致谢意。

飞雁苦徘徊

痛挽远逝人

我能平安回到东京，说来那是天幸。若因为自己仍活在世上，便对此番结果作理所当然之想，那不过是一种胆大妄为。浑然不觉唯有自己保全了性命，不去悬想在命运的绳索上失足跌倒者的境遇，并以之与自己的幸运两相对照，如果是那样，那就既无法懂得自己的幸运，也不会理解他人的不幸。

寂寞月夜里

一雁独翔舞

三

接到詹姆斯[1]教授的讣告，是得知长与院长已不在人世的消息后的第二天清早。取过新到的外国杂志，翻了五六页，不意间教授的名字进入了眼帘。又有什么新著出版吧？正思忖着读去，不想却是与世长辞的报道。杂志是九月初出刊，讣告说是以六十九岁的岁数，上个星期天下世的，屈指推算，恰好是院长病情渐趋恶化、身边的人正在为他日夜蹙眉担忧之际，也是我一度大量失血、彷徨于生死之境的时候。细细想来，教授咽气之日，大概正是我消瘦的手腕上，脉搏有一下无一下，生命让护理人员捏着把汗的那一刻吧。

读到教授的最后一本书《多元的宇宙》是在今年夏天。上修善寺去时，原打算把没读完的那部分捎到那边去读完的，遂将它与五六卷书籍一起装进了包里。孰料抵达修善寺后的第二天，人就觉得难受，以致无法出门走动，于是便在

① William James（1842—1910），美国哲学家、心理学家，“意识流”及实用主义哲学的倡导者。他在 *A Pluralistic Universe*（《多元的宇宙》）一书中基于实用主义哲学立场对真理多元性所作的阐述，对漱石颇有影响。

下宿处的楼上高卧不起，一天天地，得以将没有读完的下文慢慢读去。随病情见重，读书的事自然只好整个儿作罢，所以直到教授长辞，我都不曾有机会重新拿起教授的书。

在病榻上第三次拿起教授的《多元的宇宙》，大致是教授下世后那几天的事吧。现在回想起来，当时恐怕正是我非常虚弱的时候。仰天躺卧着，两肘支撑在被子上，得费很大的劲，才承受得了这样一本书。因为贫血，要不了五分钟，手便会发麻，于是就不时变换拿书的姿势，搓揉手背。不过，比较起来，头脑却不见疲惫，书上写的都能毫无窒碍地领会其意。唯有头脑还管用着呢，这样的一份自信，便起始于我大吐血之后的此时此刻。因为心里觉得欣喜，便唤过妻子，告诉她，身体里边，头脑是最扛得起事的。妻子闻说此言，应道，您的头脑本来坚实过人，病情危笃的那两三天里，都让那难缠的病情给折腾得虚弱了好多。

花了三天左右的工夫，我把读剩下的差不多半本《多元的宇宙》有滋有味地读完了。从我这文学家的立场看去，无论什么事，教授一概基于具体的事实，经由类推，最终切入到哲学的领域中去，这一点尤其让我读后觉得兴味无穷。我未必讨厌辩证法，也不妄自嫌弃理性主义，只是觉得自己平日在文学上所持的见解，与教授在哲学上所主张和思考的，有气脉相通、彼此相倚之感，因而觉得亲近和愉快。尤其是，教授介绍法国学者柏格森的学说时，那高屋建瓴、势如破竹之势，对我这颗血脉还不怎么畅通的头脑说来，不知带来了多大的欣悦。我对教授文章心悦诚服的推崇，即在此时。

至今依然记得，有一次特意把隔开一间病房的邻居东君叫到枕边来，告诉他詹姆斯实在是个擅长文笔的人。其时因为东君没能给出一个特别明确的允肯，我还不顾情面地对他刨根问底：喂，你读西方人的书籍，这个人流畅啦，那个人细致啦，那所有的特色，不就凭借那文章的风格，读了才明白的吗？

教授的兄弟中，亨利·詹姆斯是有名的小说家，写一手非常艰涩的文章。世间流传着这样的说法，亨利写的是哲学式的小说，威廉写的是小说式的哲学。有此一说的亨利是难读的，而威廉教授则有一种畅达的明快。翻检病中日记，九月二十三日这条用模糊不清的文字写着："午前，将詹姆斯读毕。觉得读了本好书。”这里没有因受名字或标题蛊惑而读到一本无聊之书时的懊悔。这条日记正好说的是与之相反的情景。

对治疗我的病有过诸多善意关注的长与院长，就在我毫不知情的时候悄然死去。在我患病期间，曾给我空漠的大脑投来过绚烂光彩的詹姆斯教授，也在我一无所知的情况下溘然长逝了。倒是我这该向他们两人感恩致谢的人，却独自幸存了下来。

菊绽时节雨纷纷
沉疴闲煞人

但觉此晨菊花淡
只缘未到赏菊时

（从文学方面来看，詹姆斯教授哲学思想饶有意味的一面究竟何在，这里未能展开详说，这是我感到遗憾的地方。此外，教授极为推许的柏格森著作第一卷的英译本，近来已由 Sonnenschein 出版。译本取名：*Time and Free Will*[①]，即《时间与自由意志》。著者的立场，自然与已故教授相同，同属反理性主义。）

① 夏目漱石精通英文，写作时常日英夹杂。为还原其写作风格，本书保留了原文中的英文，并以注释解释。

四

病重的时候，自然是一天天苟延着生命，并且是一天天起着变化。心思犹如流水般逝去的情形，连自己也很清楚。说实话，脑中有如行云般来来去去的，那都是些极为平常的现象。这我也清楚。人的一生中会有一两次大患，我的病还不至于这样深重，却也日复一日，不知羞耻、天真幼稚地反复体验着。其间也曾动过这样的心念，要是能把每天的心思逐日写下来，以便来日参考，那该多好。那时，我的手自然还不听使唤。而日子却朝去夕来，很容易就过去了。就这样，在我脑际飞掠而过的心灵的波纹，刚唤起，便随之消歇了。我躺在那里，恍惚之间，望着我那渐渐远逝的记忆之影，心里很想能把它召唤回来。据说学者敏斯特伯格①的家里曾遭窃贼光顾，他日法庭传他出庭作证时，他的陈述却几乎尽与事实相悖。即便以精确为宗旨的一丝不苟的学者，其记忆尚且这样靠不住，我在《漫忆》中追忆所及的事，

① Hugo Münsterberg（1863—1916），德国心理学家、哲学家，受威廉·詹姆斯器重，后旅美任哈佛大学教授。

越是随时日推移，色彩就越是褪落得多，这本来就在意料之中。

在我的手不听我使唤时，我遗落了很多的东西。可以毫不夸张地说，到我拿得起笔来，逸失的东西仍复不少。正因为如此，我才执意起念，想把这得病的整个经过，以及随病情而生发的内心生活，拉拉杂杂，即便是一鳞半爪也记述下来。朋友当中，有替我高兴的，说是想不到已经复元到了这个样子；也有替我担忧的，觉得这样做太轻率了，当以不损害健康为前提。

这里边，脸作苦色得最厉害的是池边三山①君。他一听说我写了这部稿子，就当即斥之为无益之事，并且语气也最为生硬。我辩解说，此事是得到了医生的准许的，但愿把它看作只是一般人的解闷和消遣吧。三山君则回敬说，医生的准许也就不必追究了，可还得有朋友的准许才行。过了两三天，三山君见到宫本博士时说起此事，博士调解说，那倒是真的，只怕人一烦闷，引起胃里泛酸，事情反而会更糟哩。

① 池边三山（1864—1912），历任《大阪朝日新闻》《东京朝日新闻》主笔，漱石供职《朝日新闻》社，他曾出过大力。

这才总算是替我解了围。

当时我送了三山君一首诗：

遣却新诗无处寻，嗒然隔牖对遥林。
斜阳满径照僧远，黄叶一村藏寺深。
悬偈壁间焚佛意，见云天上抱琴心。
人间至乐江湖老，犬吠鸡鸣共好音。

诗的巧拙且当别论，住在医院里，我既无从隔窗眺望寺院，病房里又无须置琴，因而此诗与实际情形大有出入，但作为我当时一段心境的吟咏，倒是颇为贴切的。诚如宫本博士所言，人要太寂寞了，是会泛酸水的，而我倒是亲历过这样的事，因为忙得不可开交而大泛其胃酸。归根结底，一个人要是得不到一种闲适的处境，在我看来那是一种不幸，故而眼下得以暂且尽情地享受这份闲适，我的欣悦之情，便化生在这五十六个字之中。

不过，从诗的情趣来看，此诗显得过于老套。可以说既无任何奇特之处，也无任何新意可言。真的，这种情趣，既非高尔基、安德烈耶夫的，也非易卜生、萧伯纳的，而是属于他们至今一无所知的另一种兴味，并且存在于他们根本无从抵达的境地。正如眼下我们正为痛苦的现实生活所困，如今，为痛苦的文学缠住身子同样也是我们当下无可奈何的一个可悲事实。倘若因为“现代风气”的鼓动，一年三百六十五天里，天天目不斜视，专注于人世的观察，那么这样的人世，想必是让人觉得逼仄而败兴的。说不定倒是这种旧式情趣，偶尔还能在我们的内心生活深处投射进一层新意。我因罹病而获此陈腐的幸福和烂熟的宽裕，感觉就像是远涉重洋游学归来，第一次面对稀松平常的大米饭时的那种心情。

《漫忆》，便是因为遗忘而重新忆及的事。我好不容易苟活了下来，回到了东京，这因病而得以稍稍消受到的一点悠闲心情，还没有马上失去。在我的腰腿还没有利索到能够离开病榻的那段日子，我那首送给三山君的诗里就已经在担心，说不定这将是我吟咏悠闲情趣的最后一篇作品了。《漫忆》不过是我卧病期间的述怀和叙事，调子是平凡而低沉的，可那些虽则陈腐却也相当匮乏的情趣，大多郑重其事地积存在了里边，故而我想尽快追忆起来，尽快写出来，以便偕同当今的新潮入时者们及当今正为苦恼所困的人们，一起来怀念这缕陈香。

五

在修善寺的那段日子里，我就这么仰躺着大作其俳句，并把它记在了日记里。还偶尔和着颇感棘手的平仄，试着写些汉诗。那些汉诗也作为未定稿，一无遗漏地载录在了日记里。

年来我已越来越疏于作俳句了。至于汉诗，差不多可以说，从一开始就是个门外汉。病中所作的诗也罢，俳句也罢，即便对于病中的本人说来曾是何等的得意，我也自然不会作它们会受行家（尤其是在现代性这一点上）青睐之想。

不过，我在病中所作的俳句和汉诗，就我本人而言，它们的价值与写得好坏毫不相干。平时即便心绪再怎么坏，只要自信还拥有尚能承受尘世之事的一份健康，并且又有人认可这一点，我便常常会在生存竞争中鏖战不已。用佛家语来形容，那便是，因为不断受火宅之苦，连做梦也是焦躁不安的。有时是让人在一旁怂恿，偶尔也会自告奋勇，说不定会突然排列排列十七个字，或起、承、转、结地组合组合四个句子，可心里唯恐哪儿疏忽，处处挂心，以致无法全神贯注地投入在汉诗和俳句中。这也许是让现实生活中妒忌欢乐的鬼影缠住了风雅之心的缘故，或许是对俳句和汉诗太耽迷了，反倒受它们的拨弄，结果在风雅悠闲的面前显得焦躁不安起来。这么一来，即便写出了若干佳句和好诗，当事人所赢得的愉悦，也仅限于二三同好之间的评判，除去这一评判，那么嗣后剩下的结局，便唯有深重的不安和痛苦了。

但一生病，情趣就完全不同了。生病时，自己觉得与现实之世隔了一层，别人也这么看我，凡事也就对我睁只眼闭只眼的。在我，觉得一个人闲着也没什么，挺心安理得的，在别人，把你当个人派用场，也会不忍心，有顾虑。这一来，原先没病时始终巴望不得的那种悠闲恬适的春景，便在我患病期间一下子孳生了出来。如此安闲的心情便成了我的俳句、我的诗。所以，先不谈诗和俳句作得好还是作得坏，对于视它们为平安闲适的一份纪念的当事人说来，其值得珍贵的程度则实难估量。病中吟得的俳句和诗，并非为了解闷和闲极无聊所作，而是逃离了现实生活压迫的心灵，蹦回到了原本就该享有的自由无羁之境，获得充分的余裕时，弥漫浮现而出的一种绝妙的彩纹。兴味油然而生，无意间已让我觉得欣喜，而把捉住兴味，反复含咏咀嚼，使之成为俳句和诗，其顺序和过程，在我又是一喜。末了，待俳句和诗写成，原先无形的情趣，经由创造，赫然出现在了眼前，便愈发觉得欣喜不已，以致连自己的情趣与形式是否真的那么有价值，一时都无暇去顾及了。

我在病中，得到了来自各方面的同情者的恳切慰问，有熟人，也有陌生人。以我现在的虚弱之躯，自然无法对这些真心诚意的问候一无遗漏去信致谢，并将我终于死里逃生幸存至今的前后经过一一告知他们，正因为如此，我才在床上着手写起《漫忆》来，而本该向各位分呈的话则一概从略，谨将它刊载在文艺栏的一角，以便所有于我有恩、曾为惠顾不足挂齿的我而费时劳神的人们，得以了解我的近况。

故而把诗和俳句夹杂在《漫忆》里，并非只是想让人见识见识我作为诗人俳人的立场，说老实话，它们写得是好是坏，在我甚至都觉得无须计较，只要我当时在这种情调的支配下苟活下来的情景，匆匆一瞥之下便能传达到读者的心中，我就心满意足了。

桩声震天响

打入秋江中

这是幸存下来大约十天后，突然一下子写出的俳句。碧澄的秋空，开阔的江流，遥遥传来的打桩声，与此三者相应和的情调，当时正络绎不绝，来往穿梭于我那恍兮惚兮的脑际，此番情景，至今仍然记忆犹新。

伐杉斧斤动

秋空浅黄澄

此句则用另一番词语来表述出同一种内心的耽迷。

依依惜别道珍重

天河一道入梦来

此句说的是什么意思，当时就不甚明了，至今仍不得而知。想起来，或许是与东洋城①道别时产生的联想，萦回在我当时正处于梦幻状态中的头脑里，以致恍惚之间化生出了这样的句子吧。

当时我正独自耽爱着西洋词语中几乎找不到对等词的风雅闲适这一情趣。而这风雅闲适之中，我又对此处所要援引的一个俳句中所表现的那种情趣，显得情有独钟。此句毋宁说写的是实况。

萧瑟秋风里
喉结起血红

可有那么股子肃杀之气，显得不够含蓄，从浮向嘴边的那一刻起，我便已经觉得有点不对劲。

风流人未死，病里领清闲。
日日山中事，朝朝见碧山。

① 松根东洋城（1878—1964），日本俳人，师事漱石，时任《国民新闻》俳句栏编者。

诗不加圈点，感觉就好像是没给纸拉门糊上纸似的，怪孤寂的，所以就自己给加了圈点。要说像我这样平仄都分不大清、韵脚也只记得个笼统的人，竟敢费心费力地在中国人独擅胜场的地方下功夫，实在连我自己都觉得不可思议。不过，（平仄韵脚姑且不提，）由于汉诗的情趣从王朝时代以来传习既久，早已日本化，因而时至今日，又岂能轻而易举就把它从我们这个岁数的日本人头脑里褫夺走呢？我平日迫于事务，连简便的俳句都不作，至于汉诗，因为太烦难，就更无从着手了。唯有像这般远远地打量着现实世界，杳渺的心底不见半点滓碍时，俳句才会自然而然地涌出，诗也乘兴以种种形式浮现。这样，回顾起来，那段日子实在是我平生最为幸福的一段时期。宜于承载风雅的器具，要是在粗拙的十七字和佶屈聱牙的汉字之外，日本还能有所发明，那该多好啊，姑且不谈这个，即便没有的话，此时此刻，面对如此情景，始终忍受那份粗拙和佶屈，从中把玩风雅，我也终将一无所悔。故而我觉得，日本无须去为欠缺别的体面的诗体而抱憾。

六

读书欲刚萌生的那会儿，东京的玄耳 ① 君用邮包给我寄来了《醉古堂剑扫》② 和《列仙传》③。这部《列仙传》帙入的是唐本，是一部翻动时稍有不慎，纸页便会哗啦啦破碎的旧书——与其说是陈旧，毋宁说是不洁净。我躺在床上，手持这部不洁净的书，将里边收录的仙人插画逐一细加浏览，在此等仙人的须髯和发型间互做一番比较，并以此为乐。其时，我浑然淡忘了画工间因笔法相异而带来的各自不同的特色，只觉得发型若非这般平整，便不配当仙人，而如此稀疏的须髯，若非被风掀拂，想要跻身仙人之列，恐怕也是没有指望的事，只顾不知餍足地端详由他们的容貌所体现出来的那些共通的骨相。正文自然也读。那是在欣喜地体验到了一

---

① 涩川玄耳（1872—1926），《东京朝日新闻》记者，时任社会部部长。用薮野椋十这一笔名写有《薮野椋十东京日记》等，文章以讽刺微妙而知名。

② 《醉古堂剑扫》，十二卷，为《史记》《汉书》等名言佳句之编选，编者为明代陆绍珩。

③ 《列仙传》，此处指还初道人所编之《列仙台》四卷插画本，为仙人传记之缀录。

种悠闲自得的心情下的阅读。而这种悠闲的心情，在平素心烦气躁的时候，则殊难一见——我想说，在时下的年轻人中间，还没有谁会有时间和勇气去翻看过哪怕一页的《列仙传》，而上了点岁数的我，说实话，也只是从这个时候起，才开始打开了《列仙传》这部书的。

可遗憾的是，正文却赶不上插画那么风雅。里边还有平庸而又贪婪却也羽化了的。尽管如此，翻读中，也会出现让我十分中意的仙人。要说哪个最单纯而又最滑稽，当数那个喜欢将手上的污垢和耳屎搓成药丸施舍给人的仙人了。可现在我已把他的名字忘得精光。

附在卷末的附录，却要比插画和正文更能吸引我的注意力。这个附录，简言之，乃是五花八门、从各地收集而来汇总在一起的长寿术和养生训之类的东西。尤其是那些对意欲成仙者所作的提示，与通常习见的做深呼吸和洗冷水浴不同，都是些颇为抽象、似懂非懂和模棱两可的文字，但是让病中的我觉得兴味无穷，还特意把其中的两三节文字摘录在了日记里。若翻检起日记来，那么，“静为之性，心在其中矣；动为之心，性在其中矣；心生性灭，心灭性生”，诸如这般晦涩难解的汉文，便歪歪扭扭填满了足足半页。

当时，为了使笔尖墨水流畅，攥住流不出墨水的钢笔笔端挥上一两下，对我说来是件颇为痛苦的事。说真的，甚至比一个健康人单手舞动六尺长的青冈栎木棍还要艰难。即便是这样虚弱得十分厉害的时候，我的心里，仍存留着一份要将这些道经的字句，一心一意抄录下来的从容和余裕，至今回想起来，仍觉得实在是件快事。当时我有这么种感觉，就好像小时候上文庙图书馆，随手抄录荻生徂徕随笔集《萱园十笔》[①]时的那段往日情景，这一辈子又得以重现了一遍似的。正如我昔日所作不过是单纯的抄录，除此之外便毫无意义，我病后所作的，差不多也同样毫无意义可言。而我却在这无意义的地方，因发现了一种价值而欣喜不已。意在为长生不死设想出种种办法的《列仙传》，在长生唯有通过修炼这样一种悠闲的心境之下，让病后的我无滓无碍地接受了下来，这对我说来，完全是一种偶然，并且是一段不可再得的奇缘。

---

① 《萱园十笔》，江户时代儒学家荻生徂徕（1666—1728）的随笔集，十卷，主题广涉经学、文武、艺术、掌故等。

法兰西老画家 Henri Harpignies① 已年届九十一二高龄，但看上去精力不让他人，此间 Studio② 杂志上刊载的十幅炭画，十分引人注目。《国朝六家诗钞》③ 卷首的沈德潜序里，特意事先做了张扬：乾隆丁亥夏五长洲沈德潜书，时年九十有五。不言而喻，长生是件好事。像这样两个人，长生，脑筋又确实好使，就更是值得庆贺了。我刚年逾不惑便险乎命赴黄泉，好不容易捡了条命回来，这以后还能苟活到何年何月，自然是不得而知。能苟活一天，便是一天的好处，能苟活两天，便是两天的好处了，若再加上一条脑子不犯迷糊，那我就得说，这是一种福气了。世间评说海顿 ④ 是死过两次的人，一次连吊唁诗都已替他作好了，但他依然活了下来。当时我好像也在哪张报纸上读到过他的死讯，实际

① 亨利·哈尔皮涅斯（1819—1916），法国画家，以擅长描绘乡村和地中海海岸的风景画知名。

② 《工作室》杂志，为漱石定期购读的一份英国美术月刊，创刊于 1893 年。

③ 《国朝六家诗抄》，清代刘执玉编纂，收录清代初期诗人宋琬等六家诗作。

④ Franz Joseph Haydn（1732—1809），奥地利作曲家，维也纳古典乐派代表人物之一。

上却没死。就这样，我靠读《列仙传》幸存了下来，并得以将孩提时代那种天真无邪的努力重温了一遍。单就这一点而言，对虚弱无助的我来说，已是非常幸福的了。当时，有位素昧平生的人给我写了一封问候信，信中写道：先生是不会死的！先生是绝不会死的！我在替读着《列仙传》而幸存下来的自己感到欣悦的同时，也替自己因为有这富于同情心的青年而幸存下来感到欣悦。

七

Frank Ward[①] 所著《社会学》一书，标题特意冠以这样的形容词："力学的"。好像有意识地事先张扬，这不是一本普通的《社会学》，而是一本力学性质的论著。然而，此书译成俄语时，当即便遭到当时俄国当局的禁止。我向当时正在俄国的友人打听著者遭人嫌疑的原因，于是得到了这样的答复：内中奥秘我也不甚了然，恐怕是因为标题出现了"力学的"和"社会学"字样，致使当局者速速断定这是本可怕的著述，与炸弹和社会主义有干系，天下竟有这等暴行云云。

我虽非俄国当局者，却是对"力学的"这个词倾注了不少好奇心的一个。我平常不仅不知餍足地观察到一般学者对这个词不加留意，就像了无生气的死物似的一边处置着研究的材料，一边却对研究材料无动于衷，并且因为跟我息息相关的文艺方面的论争，尤其容易陷入此弊，且有不断陷于此

① 弗兰克·沃德（1841—1913），美国动物学、社会学家。

弊之势，对此我深以为憾，并时加批判，所以一度曾打算将这本让俄国当局担惊受怕的“力学的社会学”找来一读，做个参考。说实在的，像这样给自己揭短，自然是件很抹不开脸的事。但这绝不是一本新潮的书。从外表的装订来看，颇与英国斯宾塞的《综合哲学》相类，显得古色古香。但也许著述的部头相当大，分作上下两卷，有一千五百多页。四五天时间里想轻轻松松把它读透，真是谈何容易，即便花上一个礼拜的工夫，也是勉为其难的事。因而不得已，一直挨到我对小说类的书失却兴味的时候，这才突然想起，此刻该是读读这本收在书箧中的书的适当时机了，于是将它从家中取来，决定在医院里研究起力学的社会学来。

但一读之下方才知道，这部书引言异常冗长，而一旦涉及社会学的关键性内容，便显得很不周密，再说特意用作凭借的所谓“力学的”这部分处理得也很笨拙，显得心虚胆怯。对 Ward 这本书提出批评并非我此时的目的，我针对的只是序文。当今之世，真正的力学是否已经问世？力学是否已处在了巅峰状态？因为信任著者，好歹读完了这一千五百多页的最后一页，但这样的期待并未如期而至，此时此刻，只觉得如同当日预测地球将被哈雷彗星尾巴整个儿遮盖，但结果又什么事也没发生，就这么还没尽兴便平平淡淡地过去了似的。

然而，正因为中途不得不遇见各种各样有趣的耽搁，而让我感到兴味无穷。这中间，当我读到有着“宇宙创造论”这样一个严肃标题的所在时，不知不觉地唤起了往昔在老师那里学习星云说时的一段记忆，便不由自主地微笑了起来。于是，便突然意识到——

现在，我好歹已从病情的危急中恢复过来了，并为之感到幸运和欣喜。于是，在渐渐得以痊愈的这段日子里，我唯愿那些无情死去的知名之士，那些殊可惋惜的人，此时获得片刻的复活。对照料过我的妻子、医生、护士和年轻人，我不胜感激。对向我援之以手的朋友以及前来探望过我的诸位，则怀持着深深的谢意。并且，我相信这里边深藏着某种真正的人性，因为觉得活着是件有意义的事，这样一种深笃而又强烈的欣悦之感，正前所未有地充盈弥漫其间，这就是证据。

然而，这是人类相互之间的关联。纵令不把我们自己当作宇宙的中心，顾及眼下我们自身之外的世界，那也是无从环视世界全貌时自囿一室的井蛙之见。考虑到整个生物渡涉三世的进化论，（尤其是）考虑到依照物理原则，残酷运行、无情发展的太阳系的历史，考虑到人类基于这一历史，并在此间可怜度日，便不能不觉察到这样一个事实，即，喜怒哀乐、一笑一颦有如我辈者，其无力的状态几近虚无的程度。

经由漫长岁月凝固而成的地球表层，因受热而熔解，并进而因膨胀而释放出瓦斯，在此同时，其他天体也经受了与此相同的革命，时至今日，当分离、运行的轨道间已无隙可寻之际，秩序井然的太阳系，如今已丧失了日月星辰之间的区别，看上去就如同一片盘旋着的绚烂火云。若进一步，将想象颠倒一下：该星石因冷寂而收缩，一边收缩，一边回旋，回旋的同时，渐渐竭力甩动外部，那便可以断定，我们这个无论大海还是陆地都有空气历然充盈的地球，它的往昔不过是一团熊熊燃烧的瓦斯而已。由外表大体相似的今日追溯而上，将科学法则引申到连想象都无从企及的远古时代，那么，一个纹丝不乱的普遍之理便不外乎是，山即山，水即水。然而，仰仗着此山此水以及空气和太阳而繁衍生息的我们人类的命运，不过是对我们的生存条件得以具备的那一瞬间——从永劫不复延展着的漫漫宇宙历史看去的那个瞬间——的贪婪占有，因而，与其说是虚幻无常，也许还不如说是一种极为偶然的命运更合适些。

平素，我们总是与他人一道生存着。要维系这种生存，当然得有空气，迄今还从未为此费心过。一旦追问起这种念头的话，便会彻悟到，比起我们的生存，似乎空气更显得不可或缺。唯有空气存在，人类才能生存。所以说实在的，空气并非因为人类而出现，倒是人类因空气才得以生存在世。要是眼看这空气的成分发生了相当的变化——预想地球的历史已经发生变化——要是活性的氧气因与地面上固体物质的化合而渐次耗尽，要是碳被植物吸收后转移到了煤炭层下，要是如同月球的表面没有瓦斯覆盖，我们所置身的这个世界也整个儿趋于冷寂，那么，我们便不得不悉数死去。这样，自然也就不可能像眼下我这样，为自己的幸存而庆贺，为远逝的他人而悲哀，怀念朋友，憎恶敌人，安于狭隘的生计，并志得意满地度日了。

再经由无机和有机，横贯动物植物两界，进而将这看作万世一系、一脉相承、环环相扣发展而来的牢不可破的进化史，并意识到我们人类不过是这段大历史中将被掩埋的一页材料，那么，当此之际，以攀至百尺竿头为己任的人类，其自命不凡的劲儿便势必又将一落千丈。比起当年中国人打开世界地图，发现自己置身的所在，并非如中华这一称谓所喻示的那样位于世界的中心；比起江户末期来自欧美的黑船，让日本发觉了自己并非天神之国的事实；再向前推溯，比起当年天动说迫使人们意识到地球并非宇宙的中心这一事实，懂得进化论、并提出了星云假说的现代世界的我们，正在经历着一场更大的幻灭。

要保存物种，就不得介意于个体的灭亡，这是进化论的一个原则。依照学者所提供的例证，据说一条鲟鱼每年产卵的数目在一百万上下，至于牡蛎，据说是鲟鱼的两倍，有二百万之多，其中成活者不过区区数条。因而以经济的眼光来看，大自然乃是极度的浪费者，在道义上，则是残忍得惊人的父母。在以人为本的我们看来，人的生死无疑是件大事，但倘若暂且变更一下立场，将自己置换到自然的位置上，并以这样一种心态做出观察，那么，最合理的结果及喜悲的理由，也许就将荡然无存。

在我如此思忖之际，人便变得十分茫然虚怯起来，并生发出一种极端的虚无之感。于是，便有意识地调整了一下情绪，追想起新近在大矶亡故的大冢①夫人的事，写下了呈献给夫人的俳句：

掷菊入棺中
愿君孕永生

① 大冢楠绪（1875—1910），漱石友人大塚保治之妻，知名女小说家。

八

八月二十四日是个无法忘记的日子。在它到来的两周前，我就已经病倒了。我这病躯，就这么呈示在廊下川流不息的温泉疗养客的眼皮下，这让我深感苦恼，因而即便是溽暑难当的天气，纸拉门通常也是关闭着的。在拿着一日三餐的食谱前来让我挑选的老妪那里订了两三个觉得尚对胃口的菜，等到碗碟摆齐在食案上，一望之下，便没来由地觉得腻味，全然没了下箸的心思。这中间，甚至还恶心呕吐过。

开始吐得很厉害的，是一种像煎药般黑黄黑黄的水。吐过之后，多少觉得好受些，喉咙里便略微能咽下点食物。可进食的愉悦还没来得及消失，又马上有点滞胃，觉得郁闷难忍起来。于是便再次呕吐。吐出来的多半是水。颜色逐渐变化着，到最后，便成了一种铜绿色的液体，煞是好看。并且，这是在害怕和提防着、不敢有粒食进胃的情况下，猝然间毫不留情地从食道里逆向流出来的。

绿色之物又变了颜色，是熊胆溶入水中的那种发黑的稠浓汁液，等到倒满一脸盆时，大夫便紧颦双眉劝告说，像这样子的呕吐物，眼下最好还是保持平静，回东京去。我手指脸盆问大夫，呕出的究竟是何物？大夫一脸漠然地回答说，是血。但在我的眼里，这黑乎乎的东西看上去不像是血。于是又呕吐起来。这一会，熊胆色里边多少掺杂了些红色，经过喉咙时，有一股冲鼻的血腥，所以我一边按着胸口，一边自己脱口道：是是是血。此事让玄耳君大感震惊，遂特地差遣坂元君前来修善寺替森成先生做帮手，因为消息是经由长途电话传到肠胃医院，又马上从那里传到了新闻社。当东洋城从别馆赶来，伫立在我枕边，告诉我今天东京会有大夫和新闻社里的人赶来修善寺的消息时，我便觉得像是整个儿已经获救了似的。

此时的我，差不多不再是一个拥有着人的复杂命运而生存在世的人。除苦痛之外，心里终日为烦恼所困扰，其波动之剧烈，到了万事不予理会的地步。铭记四十余年的经历依然绰绰有余的我的头脑，似乎只是一味在以每分每秒镌刻下这一截然分明的痛苦的深深印痕为能事，以致我的意识世界，只是为烦闷这一单一的色彩所涂抹，脐上三寸间萦绕往复着的，唯有这烦闷二字。朝夕之间，只想把自己身体中的这部分早早割下喂狗。要不然，便是刻不容缓地想将这份可怕单调的感觉，打发个什么去处了事。此外，要是可能的话，就打算一直这么昏睡过去，忘乎所以地睡上它一个礼拜，然后揣上一种轻轻松松、落落大方的心怀，在高爽的秋日下，唰地睁开两眼。至少希望能免受火车的摇晃和汽车的颠簸之苦，就这么着回到东京，走进肠胃医院的一室，在那里仰面躺下。

虽然有森成先生赶到，但这番折腾并未减轻半分。有时候，心里边就像是有根棍子在搅着，并且胃腑也像是要把它那不规则的剧烈痉挛一无遗漏层层勾描出来似的，因为不堪承受如此异样的感觉，便一边挪移着下床，一边口中喃喃道，吐吐看吧，于是，眼前便有一道腥物，从喉咙深处倾注进脸盆里。即便托森成先生之福，此番折腾已大有好转之时，每翻动一下身子，也时常会有带腥味的嗝气穿鼻而出。而血，则不断地流注在肠腔里。

比起此番烦闷来，对经历了二十四日这一刻骨铭心的变故后幸存下来的我来说，如何觅得一处安居之地，过上一种平平静静的日子，就更是一无所知了。这平静之日，即是一生中让我最感惧怕的日子。当我事后明白到这一点时，便写下了以下的这首诗：

圆觉曾参棒喝禅，瞎儿何处触机缘。
青山不拒庸人骨，回首九原月在天。

九

一直想把无法淡忘的二十四日所发生的事情写下来，可一面对稿纸，不知怎么地，便一下子觉得兴味索然起来，因此之故，记忆便逆向掉了个头，往回倒溯了起来。

动身离开东京的那会儿，我觉得咽喉疼得厉害。刚到一个地方，我就在火车上接到了东洋城的一份迟误了的电报。如电报所讲的那样，在御殿场①有一小时左右的会面时间，他让我这中间去退掉一张多余的车票，所以我便去了趟站长室。那里坐着位西洋人，大身坯，腰围足有好几尺，正在一张美术明信片上频频写着什么。我一边跟站长交涉着退款，一边对出现在这意想不到的地方的这位意想不到的人物，不禁生出了一份好奇心。见这大个子突然站起身来问我：您说英语吗？我便用嘶哑而微弱的声音道了声“Yes”，随后他便向我打听去京都坐哪班车合适。这本是举手之劳，要在平日，无论如何都会给他个答复的，可对当时喑哑失声的我来

① 当时丹那隧道尚未开通，东海道线由国津府，途经富士山东南麓一带的御殿场前往三岛，再由三岛走大仁线前往修善寺。

说，却成了异常困难的事。本来是件自不待言的事，我正想告诉他，孰料正待说出的话语，在途经咽喉的刹那，竟像是被撕成了千丝万缕似的，一到嘴里便全然失去了光泽，变得毫不管用。虽然经过车站上通英语的工作人员的相助，好歹把这位身材魁梧的男子平安地送抵了京都，但当时生出的不快，却至今未能忘怀。

到修善寺后，咽喉一直未见好转。跟大夫要了药，又服用了东洋城替我备下的手制含漱剂，那也只能将就着、艰难地说些浅显的日常话。那段时间，北白川亲王正入住在修善寺。东洋城一天到晚为那边的事忙得不可开交，即便近在咫尺之间，也似乎难得有从菊花铺的分店到我的住处来看看我的余暇。通常是一直要到把一切料理完毕，钟已敲过夜晚十时，这才来到我的蚊帐外，说上一两句探望话。

不知是哪个夜晚还是白天的事，眼下已记不清了。有那么一回，像往常那样，我们俩见了面。东洋城突然说道：殿下想约个时间找您说说话。听了这意想不到的意愿，我大吃一惊。我不快地说，要是可以不必从命的话，我想回绝。我实在是没有勇气去跟殿下说话。再说，身边也没带着作礼服穿的和服短褂和裤裙。像我这样身卑位微的一介寒士，擅自出现在尊贵的殿下面前，这是否合适，首先我心里就没个底。说实话，擅自接受这件从未有过先例的事，东洋城也是有顾虑的，所以他也并没有一口应承下来。

在我的痛楚由咽喉转移到胃之后不久，东洋城须去故乡探望患病的母亲，换了个人来接替他，他便暂先回东京去了。嗣后没多久，殿下也便离开了修善寺。然后，当无法淡忘的二十四日来临之际，东洋城在对我的消息一无所知的情况下，坐火车出东海道西下。其时，他利用停车的三五分钟时间，忙里偷闲，特意从三岛给我写了封信。虽然那封信丢失在了路上，最终未能送到我的住处，但据说东洋城在向我辞行之际，特意告知病中的我这样一件事：一直挂念着我的病情的殿下曾对他说过这样诚挚的话，说倘能见上一面该有多好，无论如何也要倍加珍重云云。在咽喉病患和胃中痛楚均已告痊愈和消失的今天，我谨向殿下深致谢意，并祝殿下健康。

十

雨下个不停。那数天的日子，我是在屋子里，一边慵倦地望着山后绝壁上直泻而下、泛着青冷色光泽的竹笕，一边呻吟着度过的。夜深人静后，梦便开始袭来。水（沿着栏杆淌了有六尺来地）声让风雨给遮掩了，一点都没听到流淌的声响。其间，好像不知不觉听到过几声不知从哪里传来的喊声："水漫出来了！水漫出来了！"

名叫阿仙的女仆跑来告诉我，昨夜桂川涨了水，门前的小屋子里堆满了货物，都是寄放在那里的。顺便又说到，不知什么地方，房屋都冲走了，结果那家值钱的什物还是去什么地方给挖出来的。这女仆老家在伊东，说话爱用那种像是在海滩上或田野里唤人的大嗓门，虽说是这么个颇煞风景的女人，但雨天羁留在山中的旅店里，真假莫辨地听着这般老掉牙的故事时，却会生出读童话书时代的孩子那样的感觉，无意间，不由得被笼罩在一片古色古香之中。加上女仆对冲走的房屋和挖出值钱之物的确切地点毫不介意，就这么信以为真地絮叨着，此情此景，遂将我眼下栖居着的温泉旅店与喧嚣的浮世远远地间隔了开来，使得这个除了传说终年不与外界通邮的山间村落不至于完全沉寂，而流动着一种美妙的趣味。

就这么着，此番自得其乐的悬想成了事实。山间不方便的一面开始显现了出来。东京寄来的信和报纸，一概都被延误，偶尔寄达的，墨色也是湿漉漉一片，像是酱炖过似的。小心翼翼打开展读，以免扯破濡湿的纸页，在色泽鲜艳的活字上最先浮现出来的是这样一则报道：首都近日洪水肆行。这到底是哪天的事，眼下已记不真切了，但令人不安的未来正迫在眉睫，让人为之提心吊胆，对我这患病之身说来，这绝不是什么让人高兴的消息。半夜里，因为胃疼，便自然而然地醒了过来，在痛苦得不知如何安置自己的身体才好的当儿，便不由得对维系着自己与东京之间关联的交通，一时间中断了那会儿的情形，多少有了点了悟。我的病，回家未免还嫌太重，而从东京来到眼下栖身的地方，路未免又破损得太厉害。岂止如此，现在东京又让水给淹着了。我几乎马上就将梦见这样的情景：我的家将随河崖一起崩塌，我的孩子将如茅草一般被从岬石上冲进大海。还没下这么大雨的时候，我给妻子写过封信，信里边说，这儿找不到一处像样的房子，想再待上个四五天就回去了，至于正为病情的再次发作所苦则特意隐下不表，不知这封信是不是已经寄到，就这么思忖着睡下了。

打哪儿来了份电报。这电报费时费力得让人好生惊讶，好容易按照收件人的姓名刚刚平安送达，在收件人还没启封之前，就让他多少吓了一跳。可里边只是写着：此次水灾，此间无事，你那边如何？不过是问候兼报平安而已。看到电报发自本乡邮局，便得知是劳烦草平君了。

雨越发没完没了地下着。我的病情渐趋恶化。当晚十二时左右，我给家里打了个长途电话，是一边摁着发硬的胸，一边将听筒贴在耳边的，只依稀知道孩子在茅崎安好如初，东京的家也平安无事，而别的，就完全不得要领，就好像是在跟风说话，唯有一片杂乱无章的杂音，在鼓膜间慌乱地回响。我连最先接电话的是妻子都没能听出，在电话里不知不觉地用敬语翻来覆去说了好多遍的“您”。东京的消息，随同风雨和洪水，开始清晰地映显在正为烦恼所困的我的眼帘里，正是妻子思绪繁忙得席不暇暖，将当时发生的情形原原本本写在巨细不等的信上，并将它们陆续送达我手上的时候。读着那些信，我惊讶得全然忘却了自己的病。

病中依稀得一梦

银河涨水落九天

十一

妻子的信长得无法全部援引。开头这样写道：从东洋城那里得知了我的病情，心里为之十分烦恼，意欲前往探望，但无奈火车不通，心想勉强还有电话可打，但那天打了一天都没能打通，便硬是要了份加急电报，并解释说，是深更半夜去山田夫人那里打的。对正在茅崎的孩子是否平安，看上去也很担忧。十间坂那里不会有水灾之虞，万一有事，也可以从邮局打电报通知家中。为了让我放心，特地事先向我透个信儿。另外，信中还写到，市内的平地差不多都淹了水，眼下的江户川大街等处，水已浸淹到了矢来派出所的脚下，人们是坐着小船往返其间的。但那个时候，报纸虽然迟晚些，却还是送到了的，所以即便没有妻子的信，大致情形也能略知一二。让我怦然心动的，与其说是一个漠然庞大的社会与暴雨洪水之间的一场争战，还不如说是与我有着一层密切关系的一己个人的消息。于是，我从这家信的书面文字里，读出了暴雨和洪水在私人性的两人之间、在生命的周边，作祟为虐的整个始末。

一件事是有关嫁在横滨的妻妹的命运的。信里这样写道——

“……陪梅子最小的弟弟去了塔之泽的福住，因为水灾，海涛席卷福住的海滩，六十名浴客里有十五人不知去向，生死未卜，徒唤奈何，又适值至横滨的火车不通，打电话的人不计其数，想打上电话，非等上整整一天不可……”

接下来，写到了名目繁多、错综复杂的打电话手续，以及直到公司里的杂役们徒步搜寻到了箱根，这才总算把幽灵般可怜兮兮的她给带了回来的情景。我读到这里，想起两三天前在客栈的女仆那里听着什么地方发大水冲走了房屋，这家的宝物又是从什么地方去给挖出来的这些陈年故事时，丝毫没有意识到这里边正潜藏着与自己的利害有着难以摆脱之干系的可怕事实，不由得对自己只会沉溺于没头没尾的梦境的无知感到吃惊，又为这无知具有一种强人就范的命运般的威慑力量而感到恐惧。

另一件让我跃然心动的事，是有关草平君的。妻子在本乡的亲戚那里办完事回来，打算顺道探望一下受水灾的亲友，便穿过低仄的柳町街，来到草平君的住处。“是这儿呵，可怎么不像呢？”边嘀咕着边从大门外朝里张望，先前眼熟的房屋好像哗啦一下坍塌了。

“‘家里人都好吧？去了哪儿了呢？’打听起来，柴店女掌柜的便告诉我：‘昨晚十二点光景，河崖崩塌了，还算万幸，没一个伤着。因为暂先让搬迁到这柳町地面上来，跑来柳町一看，出租的房屋，水都还没抽干，地板下面湿漉漉的，榻榻米和门窗什么的都还没装，光还只是把物品搬了过来。实在是，怎么说才好呢，这般凄凄惨惨的模样，就是自己的亲兄弟见了我的面，也会拔腿逃走的……晚饭怕是还没法做，这里定购了点寿司，您拿上当顿晚饭吧……’”

据说草平君平时对河崖崩塌就挺提心吊胆的，睡觉尽可能贴着大门口睡，可房屋坍塌时，偏偏别的人都没有遭殃，唯独他脸上受了点伤。这伤，也被写进了信里。读了这一段，我便觉得，这伤，不管怎么说也是一种福。

家屋被冲，河崖崩塌，在这可怕的大雨和洪水中，都城发出了不知多少万声惊恐的叫喊。在这同一场大雨和同一场洪水中，与我关系深挚的两个人却得以身免。就这样，在对他俩身处的灾难一无所知的情况下，我在温泉山村里，眺望着云烟和雨丝度日。就这样，得到他俩双双平安的消息，正好也是我的病情渐趋危笃之时。

伫听风声骤

落叶孰先凋

十二

一个连绵不绝的雨天，天刚傍黑，我且病中偷闲，上了趟楼下的澡堂。澡堂的墙，用杉原纸裁成三尺来长，一细条一细条地竖着糊了一层，色泽笼在暗淡的灯光底下，一下子吸引住了我的视线。伫立在热水池边上，身子还没濡湿，便先已感受到了这如同读广告一般的异样之感。墙的正中写着“业余落语大会”，底下注明“主办者裸体帮”，地点事先声明为“于山庄”，一旁则添写着照例该有的举办日期。我一下子就明白了裸体帮是谁了。这裸体帮即是住我隔壁的房客自撰的异名。昨儿晌午，你要隔着纸拉门侧耳倾听，就会听到有个叫太郎的年轻人正在那儿说长道短地发了长长一通评议，评议到了末尾，便出现了这么一番磋商：别在那儿搞！还是别搞的好！他们商谈的东西和躺在床上的我之间本来了无关系，所以根本就不打算弄清究竟，反正给我的感觉是，这一决议给在山庄的筹办添了一道异彩，这一点是确凿无疑的。我把澡堂招贴上提示的日期与裸体帮下了番功夫定下的时辰做了番比照，回想起此番落语大会已在昨天下午一无耽误地举办完毕，便不由得庆贺起裸体帮——至少是构成裸体帮首脑的隔壁房客——的成功来。

这批房客是五人同住一室。其中最年长的是位三十来岁的男子，加上妻子和女儿，已占去三个人的份额。妻子是个贤淑娴静的女人，孩子也很懂事。相反，丈夫倒是个咋咋呼呼的主儿。后面两个都是二十来岁的青年，其中的一个，在一行人中尤其显得唠唠叨叨，恣意妄为。

谁都会有那么一天的，人到中年后，回想起自己二十一二岁时的情景，便会在簇拥而来的记忆丛中找到某个让人害臊得直冒冷汗的断面的。我一边朝着邻室呻吟，一边无奈地留神着那个年轻人的措词和起居，结果是，直到如今我才意识到了二十年前的往昔，自己曾经历过的生涯里的那份很不体面的狂妄劲儿的可怕。

我不清楚这位年轻人究竟有何必要，要像在通衢大道上发表演说那样，不断大声嚷嚷，一副得意忘形的样子。然后，等女仆一露面，就必定会做出见过大世面的样子，妙语连珠地潇洒上一番。隔着板壁听去，既谈不上性感，也无幽默可言，只觉得纯粹是拿腔拿调（并且趾高气扬）、半瓶子醋似的令人憎厌的吼叫。可女仆每次听到这吼叫般的炫耀，却会毫无必要地乱笑上一气。虽说吃不准这笑是认真的还是敷衍的，但终归是一种声带有些异样的、让人听了浑身起鸡皮疙瘩的笑。这使得满心担忧着自己病情的我，为之深感烦恼。

裸体帮的另一拨住在楼下，一共九人，所以他们也自称九人帮。是夜，这九人帮精赤条条地在六尺见方的走廊里胡乱蹦跳了整整一宿。我出门上厕所时，九人帮正跳得疲惫不堪，就这么赤身裸体地盘腿而坐。我是从这些拦着道的屁股和小腿间跨越而过，才解了手的。

当漫长的雨天渐次消歇，前往东京的列车大体开通之际，裸体帮中的九人像是商定好了似的，突然一下子去了东京。而森成君和云鸟君夫妇则接替他们，陆续从东京来到此地，租下了裸体帮曾入住过的房间，并把另外的房间也租了下来。结果，新筑的二楼，整个四间客房，全都占为了己有。我在一段相对闲寂的时光下，靠长嘴壶汲食牛奶得以度日。有那么一次，还喝到了用匙子捣碎后、从瓜底涌出的西瓜红汁。时值弘法大师施放焰火的傍晚，我把床挪近走廊，就这么躺着，守望着初秋的天空，直到夜半时分。然后，不知不觉地等待着那刻骨铭心的二十四日的到来。

秋荻重露湿

病魔缠我身

十三

那天，杉本先生从东京赶来替我诊查。云鸟君是什么时候去大仁迎候的，虽已记不得了，但想来是山间的日头还没让山麓给遮住的刚过晌午的那会儿。那时我既下不了地，也经不起去屋外溜达，从早到晚，几乎连试着仰视一下山间的日头都不行，说真的，只得望着屋檐尽头处留下的那点天空做些想象而已——哪儿是东？哪儿是西？哪是跨越伊东的山脉？哪是通向下田的大道？……在我待在修善寺的两个月零五天的时间里，直至返回东京，都是一概不清楚的。

杉本先生如约赶到了我的住处。在他赶来之前没多久，我正从妻子手中接过长嘴壶，就着细长的玻璃嘴喝了大约一合[①]温热的牛奶。因为失血过后，必须严格遵守安静和流食的规章，并且当时我正接受着尽力补充营养、以期通过复原体力来抑制溃疡性出血的疗法，所以喝牛奶是不容分说的事。说实话，这天从早上起就不见有一点食欲，当我一见到

---

① 日制计量单位，1 合约等于 180 毫升。

长嘴壶里灌满了浓厚得凝固不动的乳白色，立时便预想到了厚重地攒积在舌尖上的一股浓烈奶味，还没伸手去接，就已起了反感。壶硬是塞到了我的手里，无奈之下，只得把细长上翘的玻璃管倾倒下来，一点一点，让分不清是热还是凉的液体打舌尖上滑过。牛奶流淌着下咽过后，妄自残留下一道黏腻的、给人以一种不洁之感的强烈气味。因为想爽爽口，随后又要了杯冰淇淋。可这平常总会给我换来爽口之感、入口即化的东西，到了胃里，却像重新凝冻了似的，蹊跷地折腾了起来。然后，过了两小时，杉本先生就来给我诊察了。

诊察的结果出乎意外，并不怎么坏。听到这个报告时，平常总是从森成先生那里得不到什么好消息的云鸟君，欣喜之余，立刻向社里发了份“安然无恙”的电报。就好像是对这份吉报杀了个回马枪似的，诊察过后一小时，时日告暮，终身难忘的八百克大吐血便突如其来地发生了。

一下子就吐了那么多的血，我一直以为从那天傍晚起，经由不见日色的深夜，直到翌晨天明的所有情景，事无巨细，自己都一一记忆犹新。后来，当我翻读妻子所记的日记，发现里边记着“ノウヒンケツ（惊慌失措的妻子如是记述脑贫血一词）发作，不省人事”这一条，便把妻子唤到枕边，得以详尽闻知了当时的情形。一直以为自己自始至终神志清醒地在接受着注射，其实昏死了足足有三十分钟的漫长时间。

时近黄昏时，胸口突然让什么东西给堵住了，难受之余，便刻薄地吩咐特意亲切地坐在床边的妻子退得远一些，说是坐近了暑热难当。即便如此，因不堪忍受，便违背了安静平躺着的医嘱，试着由仰躺的位置朝右翻转成了俯睡的姿势。据说，我那记忆中茫然一片空白的不省人事状态，便是因这次翻身所致的脑贫血的结果。

其时，因为惊慌，我似乎将突然迸发的血潮，黏黏地吐在了紧挨着我的妻子的浴衣上。据说云鸟君声音打颤道：夫人，您得挺住呵！在给社里打电报时，他的手抖得写不成字。而大夫则火烧火燎地给我打着针。事后向森成先生问起当时吊了多少瓶针，他回答说，记得是十六瓶。

淋漓绛血腹中文，呕照黄昏漾绮纹。

入夜空疑身是骨，卧床如石梦寒云。

十四

眼睛一睁开，便右侧着身子，朝搪瓷盆里吐着黏黏的血。盆就紧挨在枕边，鼻尖上的血看得十分清晰，那色泽跟以前的不一样，不是那种带股子酸味的暧昧不清的东西，而是呈糊状凝结在白色的盆底，看上去就像一团巨大的动物内脏。其时，我在枕边听到森成先生劝我漱漱口的声音。

我默默地漱了口，然后，不知不觉地意识到，自己刚才让待在一边的妻子退离得远些的那股烦闷之气，转眼间不知消失到哪里去了。我只觉得浑身一舒畅。吐在盆里的究竟是不是鲜血，我对之毫不在意。让平日攒积起来的痛苦一下子重重击倒后，人反倒变得镇静了，只超然地听任枕边的人嘈嘈杂杂，似乎浑然与己无关。我右胸的上部插着一枚硕大的针，那里正挂着大量的盐水。其时，因为看到挂着盐水，心想自己正在向危笃的病情逼近吧，但也并不为此担忧。只是管子一端漏出的盐水流在了肩膀上，让我感到厌烦。只觉得左右两只臂膀都吊着针，但是记得不太真切。

耳边听到妻子询问杉本先生的声音：这情形，还有恢复到原先那样的希望吗？杉本先生回答道：像这样的溃疡，这样大量的出血，以前也有过止住的病例……接着，悬在床上方的电灯便摇晃了起来。灯泡玻璃中一束弯曲的光，线香焰火般地迅捷闪烁了一下。自我出生以来，还从来不曾感到过如此强烈而又恐惧的光力。就在咄嗟不已的刹那，忽然想起，闪耀在眸子间的闪电就是这样子的。此时，电灯突然熄灭，我便失去了知觉。

Kamfer，Kamfer（精制樟脑），是杉本先生在说话。杉本先生紧攥着我的手腕。Kamfer 还真有疗效呢，在不间断的注射中已经有了反应。杉本先生又对森成先生说道。森成先生只是一个劲地答道，是哩是哩，别的，则一概不做回应。接着，电灯让纸给罩了起来。

身旁一时变得寂静了起来。我的左右两腕一直让两位医师攥着。两人隔着双目紧闭的我谈论着以下的话语（全是用的德语）。

“好虚弱呵。”

“是哩。”

“怕不行了。”

“让他跟孩子见上一面吧？”

“好吧。”

这之前一直镇静着的我，此刻突然胆怯了起来。因为我无论如何不想就此死去，并且心情快乐充裕得很，绝无必要死去。就在医师误以为我已进入弥留之际，因而无所忌惮地说着话时，未能参透生死之境的我，正以瞑目不动的姿势，沉浸在多半是徒然无益的梦境之中。这期间，我为自己被当作不相干的外人，在床上自始至终地倾听着此番有关自己生死的无所忌惮的评判而感到痛苦。最后还多少动了点怒。你也得稍稍顾及些道义才是，我想。终于意识到，适才出此话语，我是会有想法的——人在命赴黄泉之际，还能作这等计较么？当我得以康复之际，便时常会追想起当夜的那份反抗心，从而微笑起来。不过，对痛苦已然消除并平静地保持着安卧的我说来，这样的一份余裕大概还是有的。

我猛地睁开这之前一直紧闭着的双目，然后尽力大声地用一种清晰的语调说道：我不想让孩子前来见我！杉本先生便做出毫不介意的样子，只是轻声答道：是么？待会儿，等我把吃了一半的晚饭吃完了再来。说着便离开了房间。这之后，我的左右手便从两边松了开来，其中的一只，便一直让森成先生和云鸟君捉握着，在默然无语之中，三人一起等来了天明。

血脉透骨凉

守望至天明

十五

我相信，勉力朝右边翻转过身子的我，与看到枕边盆里鲜血的我，两者间是连成一体的，没有丝毫的间隙。我一直以为自己当时很清醒，觉得这中间甚至连插一根头发的余地都没有。后来，当妻子告诉我，“才不是那么回事呢，那个时候你死过去有三十分钟哩”，我整个儿大吃了一惊。小时候，因为淘气，也曾经昏厥过两三回，据此推测，想来死大概也就是这么回事吧。不过，在半小时长的这段时间里，反反复复地体验那种昏厥的经历，就这么毫无知觉地度过了一个来月，并且就像是理所当然似的，一想到这，便觉得难以想象。老实说，这番经历——是否称得上经历尚是个疑问，介于日常性的经历之间，内容贫乏得不足以对日常经历间的连接构成丝毫妨碍的这番经历——我实在找不到恰当的词语来形容它。我连醒来的神志都没有，也意识不到由阴界到阳界的转折、隐约的羽声、远去之物发出的声响、逃遁之梦的气息、古老记忆的影子、印象消逝的遗痕——历数凡此种种值得叙述的人类神秘现象，从依稀灵妙的境界间穿行而过，这一切，我自然都无从意识。只是接下来，在胸闷难忍、头歪倒在枕头右侧的一瞬间，我辨认出了盆底那鲜红的血。沉潜其间的三十分钟的死，作为一种经历的记忆，无论时间上还是空间上，对我说来都是完全不存在的。听了妻子的一番说明，我才恍然，死竟是如此虚幻之事？于是，便对这突然闪烁在脑际的生与死的两相对照，对其急剧而又无所关涉大为感动。无论如何也难以想象，同一个我，却为这有着天壤悬隔的两种现象同时支配着。纵然同一个我在咄嗟之际横渡了这两个世界，使得这两个世界之间产生出某种关联，但一想到自己突然间获得了由甲跳跃到乙的自由，便不由得感到茫然若失。

生死，如同缓急、大小、寒暑，因其对比性联想关系，成为一组常用的词语。即便如晚近的心理学者所主张的那样，可以断定生死与通常的对比关系并没什么两样，当属同一类联想关系，但就像手掌可以两面翻转一样，要是相差悬殊的生死突然相继拿获了我，那么由于这悬隔的两面压根儿就是同一性质的，我也就可以推考出它们之间的关系来。

某人给我一个柿子，今天吃掉半个，明天再吃掉剩下的半个中的半个，到了后天，再吃掉其一半的一半，照这样日取其半地吃去，那么自开吃之日起，要到哪一天，我才会最终违背这一命令，将剩余之物悉数吃尽呢？或者说，由于分割半数的能力臻达极致，会有你不得不袖手注视徒然剩下的最后一片柿子的那一刻来到吗？假如允许做一番想象性推理的话，那么，在此条件下给你一个柿子，任你怎么吃，终其一生你也休想把它吃尽。古希腊芝诺以行走快捷的阿喀琉斯与蹒跚迟缓的乌龟之间的一场赛跑设譬，论定阿喀琉斯无论如何也追不上乌龟，便已透漏了这方面的消息。要是构成我们生活内容的各种意识亦复如此的话，那么我们也许会被这样一种有违事实的推理所愚弄：时光每天每月在一半一半地流逝而去，不知不觉间，死亡之期已迫在眉睫，而我们还在信守着这样的推理，不管死期怎样临近，人也绝不可能死去。不过，由于摆脱了从一边一跃而陷入到另一边的思维上的不和谐，这才会觉得由生到死乃是一条毫不奇怪、极为自然的通道吧。一个突然死去又突然复活的人，一个听到别人在说“不，已经活过来了”的人，唯一的感觉便是觉得浑身发冷。

缥缈玄黄外，死生交谢时。
寄托冥然去，我心何所之。
归来觅命根，杳遥竟难知。
孤愁空绕梦，宛动肃瑟悲。
江山秋已老，粥药鬓将衰。
廓寥天尚在，高树独余枝。
晚怀如此澹，风露入诗迟。

十六

一夜安稳，天色渐渐晓亮。笼罩房间的阴影从我床头远离而去，随之，我又能像平常那样看到聚集在枕边的一张张脸了。那都是些再平常不过的脸。于是，我的心也回到了平常的境地。连哪儿病了都不得而知，就这么神闲气定地横卧在床上，甚至连翻动一下身子都懒得，对此时的我说来，压根儿不会去设想死神就在附近徘徊这码事。醒来后，昨晚的事（即便是那样的刻骨铭心，）也只是权当一场逝去的梦，远眺一番而已。觉得死就像随天色曙明而告消退的夜色，你有这样一种胆气，也就不为所动了。就这样，我以一种无所挂念的心胸，舒适地沐浴在窗外射来的清晨的阳光底下。其实，将木然无知的我讹诈了一把的死，似乎是神不知鬼不觉潜入我的血管，尾追着我那点稀薄的血而流动在我体内的。"询问病况，虽则危险，然若能保持极其平静，或许还有康复的指望，云云。"妻子的日记里，此日清晨部分记述有这么一条。事后问起，我才方始明白，当时谁都不曾指望我会活到天亮。

我至今还能清楚地浮想起吐在白搪瓷盆底的血的颜色和形状。并且，这琼脂般凝冻起来的一团腥物，近来常常在我的眼前若隐若现。于是，将映显在自己想象中的吐血量与由此所致的虚弱做一番比较，何以吐这么点血就引起了身体如此剧烈的反应呢？对此总是不胜怀疑。据说，人一旦失去血脉中一半的血便可致死，而失去三分之一的血则会昏厥，并且，就连将我浑然不觉间吐在妻子肩上的血盛放在想象的天平秤上，其容量重达偏向生命相反的一面之时，我都不曾料想到自己会因为这样一番勉力张罗而捡回一条命来。

杉本先生刚回东京——那天早上，杉本先生随即就回东京了。“很想住上几天，可忙得脱不开身，只好告辞了，再说治疗上我觉得已经够了。”当他新换了领子和领饰，落座在我枕边，我便想起了昨晚深更半夜，他就这么将就着穿一袭捉襟见肘的过夜睡衣，悄然打开纸拉门，向森成先生询问我病情时的模样。在我记忆之中只留有这点印象的杉本先生，临走时关照我妻子，提醒道，要再吐血就没指望了，就一点办法都没了。其实，昨晚就曾为了防止这可怕的吐血再度发生，特意给我打了吗啡，但事情的经过是后来才详细得知的，而当时对我说来是根本意想不到的。就是怀揣这样一种神闲气定的心情，我平心静气地度过了那一夜，没感觉到什么痛苦——不知不觉间，把话扯远了。

杉本先生一回到东京，便亲自给护士协会打了个电话，请求他们马上派两个人去我的住处。当时在电话里催得很急，说是去迟了恐怕就来不及了，以致护士在火车上一路不时地对我的生命心存疑虑：岂不是已经没救了么？紧赶慢赶地好不容易赶到了，却因错过时机而抢救不及，可别让咱摊上这等无谓之事呵！她俩相互嘀咕道。而这些，还是趋于康复的那段日子，我在病床上无聊地跟护士拉家常时，顺便从她们嘴里直接得知的。

处在这样一种几乎所有的人十有八九都会觉得无望的处境里，不省人事的我，呆呆的，就像被遗弃在旷野中的婴儿。感觉不到痛苦的生命，也就不再给我任何的烦闷。我躺在床上，唯有意识到自己一无痛苦地幸存着这一事实而已。于是，由于难以逆料的病患得到了周围人悉心的照料，与健康时相比，俨然有一种仿佛已经搬迁到了浮世之风难以侵袭的安全地带之感。而实际上，我和我的妻子，就栖居在生存竞争的严峻空气里，栖居在这无从往返的大山底下。

露湿故乡路

病中人闲静

十七

我老早就觉得自己是会跟妖魔打上照面的，作为懦怯者的一份特权。我的血液里，至今仍流淌着许多来自先祖的迷信。当文明的肉体在社会的锐利鞭挞下日渐萎缩之时，我对幽灵却常常深信不疑。然而，像惧怕霍乱反而染上了霍乱，或祈求神祇却遭神祇遗弃，时至如今，我倒还从来不曾碰到过诸如此类的不可思议的事情，虽然偶尔也会生出一份好奇心，为之抱憾，可平生大致还是将这份失之交臂当作理所当然之事加以领受的。

坦白地说，八九年前，我在床上读 Andrew Lang① 所著《梦与幽灵》一书时，一时间瞅着眼前的灯火都觉得带有一股寒气。一年多前，我措意于《灵妙的心力》这一书名，还特地去国外函购了 Flammarion② 的这本书。前些日子，我刚

---

① 安德鲁·朗格（1844—1912），英国史学家、古典研究家，主要研究苏格兰民间口头传说，还以写诗知名。

② 卡米耶·弗拉马里翁（1842—1925），法国天文学家，对心灵现象也颇热衷。

好又读过 Oliver J. Lodge① 的《死后之生》。

死后之生！光这名儿就够绝妙的了。我们死后，我们的个性依然残留存活在世，一有机会便与地上的人们交谈。以“Spiritism”② 研究而知名的 F.W.H. Myers③ 似乎对此持确信无疑态度。在我看来，将自己的著述呈献给这位 Myers 的 Lang，似乎同样也作此感想。而此间刚刚出版的 Frank Podmore④ 的遗著，恐怕也是属于同一谱系之作。

德国的 Gustav Theodor Fechner⑤ 早在十九世纪的中叶就已揭示了地球本身当有意识存在之缘由。要说石头、泥土和矿砂是有灵的，那么我对地球是有意识的这一说法就没有什么异议。不过，由这一假定出发，推想地球的意识究系何种

---

① 奥利弗·洛奇（1851—1940），英国物理学家，也研究心灵现象，相信与死者可以交流。

② 即心灵论。力主死者的亡灵经由灵媒中介，可与生者心灵交流。

③ 弗雷德里克·迈尔斯（1843—1901），英国心灵现象研究者，为无意识心理学先驱。

④ 弗兰克·波德莫尔（1856—1910），英国心灵学家，此处的“遗著”，当指 1916 年出版的《新心灵论》（*The Newer Spiritualism*）一书。

⑤ 古斯塔夫·费希纳（1801—1887），德国实验心理学家，也以神秘主义者知名。

性质之物，在我看来至少是件顺理成章之事。

正像现代心理学家通常所认为的那样，我们的意识里存有一道有如门槛似的界线，界线的底下是一团漆黑，界线之上则敞显明亮，并且依照我们的经验，这一界分又是极为清楚的。然而，对与肉体彼此呼应互动的心理现象说来，即使有此作用，也碍难接受这样的观点：我们那处在昏暗中的意识即是一种死后意识。

因为大中含小，故而大对那小便有所措意，而被包容的小却仅知自身的存在，它对由众多的自身所汇集而成的整体便显得漫不经心，如同风马牛不相及一般。这是詹姆斯对意识做了一番分解又重新加以组合后所得出的一个结论。与此相类似，个人意识似乎也可以被看作这样一种情景，一方面整个儿被包容在一种更为巨大的意识之中，另一方面却对这一存在之境浑然无知，仿佛身处孤立之境一般。詹姆斯据此类推，又得出了这一恰好契合万物有灵论的假定。

假定是人类随意而为的产物，却又时常为研究提供一种必要的活力。然而，仅凭假定，对于正待如何得以一窥作为怯懦之结果的幽灵，以及如何得以梦见极其不可思议的迷信场景的我说来，还无法使我就此信奉他们的学说。

物理学家在计算了分子的容积之后，断言它是还不到一个蚕卵（长和高均为一毫米）大立方体的一千万的三次幂数。一千万的三次幂，便是在一的后面加上二十一个零这样巨大的数字。即便我们拥有随心所欲的想象权利，但要想象在一之后加上二十一个零这样一个数字，也不是一件容易的事。

在形而下的物质界——学者们通过一道道周密手续所发表的数字，唯有在数学的头脑中，我们才颔首赞同而已。而事关力不从心的心理现象，数量梗概的无能为力也就不言自明了。纵然能以物理学家之于分子那样的清晰明了的知识对我们的内面生活做出透析，我的内心仍将依然如故。对我来说，凡是无法体验的事，即便再缜密的学说，也无法支配得了我。

我一度死去。于是，就像平日所想象的那样，我体验到了死这一事实，果真超越了时间和空间。然而，这超越并不意味着任何能力。我失去了我的个性，失去了我的意识，我所清楚的唯有这失去。我是如何成为幽灵的？又是如何与比自己庞大得多的意识相冥合的呢？懦怯而又耽于迷信的我，唯有指望别人来解开这一不可思议之谜了。

焚火迎亡灵

罗褂待何人

十八

只是身体的变化让我大吃一惊。出事后的第二天清早，因受到某种需求的催促，正待把搁在胸肋左右的手移到脸部去的时候，突然间，觉得这手臂就像不是自己似的，一点都不听使唤。因为讨厌求人，硬是以双肘支撑抬起了手腕，抬是抬起来了，可要这么悬着在方寸之间画出一道短短的弧线，无论是支撑的力气还是时间，都将是勉为其难的事。肌腱间渐生出的一点力气不足以引臂高举，只得中途放弃。手臂重新垂落回原来的位置，可又于心不甘。要是就此作罢，那手臂随自身重量趁势倒下也就罢了，但如果思忖起倒下之时的那份激动将如何传遍全身，便会觉得非常惶恐，以致怎么也不忍心就此放弃。既不能放下，也不能举起，又不能悬在半途，我就意识着这样的尴尬，陷入了手臂的窘境。此事最终让陪护在身边的人察觉到了，由于援之以手，我得以无所滓碍地将手移向脸部，而放回原处时，也是由人同时捉住我的双臂一并放回床上的。当此之际，我几乎无法想象，自己何以会成为如此空虚的一具存在。事后回想起来，那纯粹就像塑胶气球开了个口子，空气一下子从那里漏走了，随同嗤的一声，气球转眼间抽缩成了一团皱皮。因为是一般性吐血，于是便认定，呵，那大概是身体反应吧。然而，气球仍一个劲地抽缩着。不幸的是，我的皮肤除了血液，还裹着一大堆长长的骨头，这些骨头——

自我出生以来，还从来没有像这个时候那样意识到过自己骨头的硬朗。那个早晨，我醒来后记得的第一件事，说实话，那便是弥漫全身的骨头的痛楚之声。于是，就像趁着酒意与众多对手激烈厮打，结果被打趴在地、手脚不得动弹一样，在夜间，那痛楚一下一下地像是要把我钝重地击碎了似的。我甚至觉得，被摁在捶石上砧捣的布，不过也就是这样的滋味吧。要适当形容这种神志不清的状态，唯有下等社会用的“打趴下”一词。稍稍翻动一下身体，关节就会吱嘎作响。

时至昨日，我那一直被圈定在狭小被褥间的天地，陡然间变得更窄小了。现在，对于只能窝身在这弹丸之地的被褥间的我来说，那时至昨日使我觉得逼仄的被褥，似乎一下子显得宽大了起来。我与世界的接触点，至此仅限于肩、背脊和呈细长状伸展的腿的背面——头当然是枕着的。

纵然是如此逼仄的天地，昨晚看来也好像不容许我再栖居下去了，就连守护在身边的人，也似乎已从心底里对我不再抱有希望。这情形，就连神志不清的我自己都觉着可怜。我的天地就局促在这身体与被褥所接触的一点地方，并且这接触点没有任何的变动，我与世界之间的关系极为单纯，完全处在静止状态，因而十分安全。此刻的我，比起长眠于铺就棉絮的木棺中的亡者，比起寸步不离自己的木棺也不前去搅扰他人的亡者心情——要是亡者有心情的话——似乎相差并不悬殊。

不一会儿，头脑开始麻痹起来，腰骨间但觉陡剩一副骨架被承载在木板上，腿变得很沉，于是，逃离危险社会，得到安全保证后，我这独自一人的狭小天地便生出了相应的痛苦，于是，理应逃避这份痛苦的我，却连朝外挪动一寸都显得那样的无能为力，也就不会去理会是谁、又是缘何而落座在我的枕边了。在我视线无法抵达的一旁守护着我的人影，对我而言，与神祇并无两样。

我在这安谧而又充满痛苦的小世界里一动不动地仰面平

躺着，眼睛不时地扫视着身子无法触及的所在，就这样一次次目不转睛地盯着天花板上吊着冰袋的一根长绳。这绳子偕同冰凉的冰袋，在胃上锐利地搏动着。

朝寒透骨凉

骨痛欠身难

十九

该当如何形容这种心情呢？对此我颇感踟蹰。

靠兜售力气谋生的相扑，在捉对扭成一团的刹那，那伫立在摔跤场上的身姿显得出人意料地沉着和镇定，然而，还不到一分钟，他们的腹部便急剧起伏得令人惊骇，而无数道热辣辣的汗珠正从其背脊间流出。

他们看似极为沉稳的身姿，乃是这气喘如牛的急剧起伏和汗水如注的艰辛努力的结果。他们的镇定，则是相克相生的血与肉之间稍稍获得均衡的一种象征。不妨把这称之为一种相残中的和平，为了维持这二三十秒的现状，他们得消耗掉多少的魄力和气势呢？当观者如此思忖之际，也许便会油然生出一种残酷之感。

作为一种为自我生存所驱役的动物，从谋生这一角度来看，人类的苦恼恰好与这相扑相类。作为一个平和家庭的一家之主，我辈最低限度得满足自己及妻子儿女的衣食之需，为此就得甘心情愿地承受这一份与相扑不相上下的紧张，致力于在自己与社会之间，天天能找到一种相残中的和平之境。走出家门时，对着镜子跟自己的笑脸打上个照面，若是在这笑意中发现了一个弥漫杀伐之气的自己，并进而推想到与此笑意结伴而来的腹部的起伏和背脊的汗水，以及最终联想到，就像回向院①的相扑，在不到一分钟的时间里，断弃平分秋色的指望，极尽生命之能事，如此殊死的努力必须持续上一生，联想到这样悲苦的事实，我甚至想说，人类生存在世，乃是为了陷自身于神经衰弱，乃是为了极度消耗自己的精力。

站在这样一种自存自营的立场上，环视之内的世界便无处不充满着敌意。大自然是一个公平而又冷酷的敌人。社会则是不公却有人情味的敌人。若将人我互为对立的观点作极端引申的话，那么某种意义上朋友也是敌人，妻子儿女也是某种意义上的敌人，就连作如斯之想的自己，无意之间，也正在一天天成为自己的敌人。纵然筋疲力尽也无法终止。在这永无休止的争逐中，茕然孤独颓然老去的人，除了给他下一个悲惨的定评，就再也找不出别的评语了。

① 位于东京都墨田区的寺院，曾在江户时代频繁举办相扑活动。

屡屡听到有人在呵斥，别再唠叨那些老掉牙的牢骚了！这呵斥声至今仍不绝于耳。我却对之置若罔闻。唠叨这老掉牙的牢骚，不仅因为有深切之感，还因为一场突如其来的病患，颠覆了我这份感受深切的感觉之故。

吐血的我，就如同倒仆在土俵[①]上的相扑。为自我生存而争战着的勇气，自然是不会留意于不战则死的道理的。我只是仰面躺着，有意低抑着呼吸，远远地打量着这个可怕的世界。病患就像床边的屏风，将我团团环围，使我冰凉的内心暖和了起来。

在这之前，我那女仆，你不拍手她是不会露脸的，不央人则寸步难行，往往只好在那儿干着急。自我发病之日起，情况便一下子发生了变化。我一声不吭地躺着，于是大夫赶来了，社里的人赶来了，妻子也赶来了，到后来两名护士也赶来了。就这样，就在我压根儿没有动用我意志的当儿，他们一个个来到了我的身边。

吐血后的第二天，我便收到了发自中国东北的一份电

---

① 土筑的相扑角力台（场）。

报，电文写道：务必安心疗养！意想不到的知己和朋友相继来到了我的枕边，换了一茬又一茬。有的来自鹿儿岛，有的来自山形，还有把近在眉睫的婚期推迟了赶来的。当我问起他们怎么上这儿来了？回答众口一词，是在报纸上得知了我患病的消息后赶来的。我仰面躺着，凝视着天花板，领悟到世人都要比我热诚。一向视作难以栖居的世界里忽地吹进一道暖风。

一介年逾四十、已遭自然淘汰、也没有可供夸耀之过去的男子，就连做梦都不曾料想到，这忙碌的世间竟会给予我如此丰厚的耐心、时间和热诚。我从病中生还之际，也是我在心中复活之时。我感激病患，感激毫不吝惜地给予了我如此丰厚的耐心、时间和热诚的人们，唯愿自己能做一个善良的人。并且，我在心里发誓，谁若毁坏我这幸福的心念，我将与他终身为敌。

马上青年老，镜中白发新。

幸生天子国，愿作太平民。

二十

艺术上胜出屠格涅夫一筹，正不断获得崇高威望和敬重的陀斯妥耶夫斯基，如所周知，从孩提时代起就有癫痫病发作。日本人如我辈者，一听说癫痫，无非是联想到口吐白沫的情景，但在西方，该病自古以来却有神圣之疾之称。当此神圣之疾袭来之时，或略早于此际，一种类似于常人聆听盛大音乐时所能获得的微妙快感，便会遍布于陀斯妥耶夫斯基的全身。据说，这是一种自我与外界圆满调和的境地，是一种有如在天体边缘处不慎滑倒并跌落至无限空间般的心境。

我从未沾染过“神圣之疾”，真是不幸，活到这个岁数，记忆中，受如此风趣感觉俘获的经历连片刻都不曾有过。只是大吐血后最初的五六日间，时时陷于一种精神状态，并且天天重复着这同一种状态，到了后来，尚未到来之前便已能预计到它的到来了。于是，便私下里偷偷揣想起跟自己殊少有缘分的陀斯妥耶夫斯基所享用过的那份不可解的欣喜，因为一揣想起这个，我的精神状态便飞越了寻常之境，就连德·昆西记述精细、令人叹为观止的鸦片世界，也一同浮现在了我的联想之中，可一想到他那妖丽得足以眩惑读者心目的叙述，本由暗淡无光、大可鄙薄的原料人为加工而成，便又一下子嫌厌起将它与自己的精神状态做对比了。

当时我觉得跟人没完没了地说话是件不胜心烦之事。一作声，耳边振响的空气之波传至内心，觉得于我平静的心情乃是一种加倍的嘈杂。追忆起沉默是金的古训，我便一直仰面假寐着。所幸的是，病房的走廊与那三楼的屋檐间尚可望见一片蓝天。那天空经由秋露的洗濯，正值天高气爽时节。我就像做着日课似的，天天默然无语地凝视着这片天空。闲云清风、无所牵挂的这片广漠天空，它那寂静的斜影悉数映在了我的心里。于是，我的内心也变得闲云清风、无所牵挂起来。透明的两者遂融合无间了。这融合留给我的，便是一种可以用缥缈二字加以形容的心情。

这中间，清和的内心之隅不知何时被晕染了一层薄色，彻照内心之隅的意识的光色便变得幽微起来。于是，垂纱般的雾霭悄无声息、无所遗漏地从四处合拢过来，于是，意识在总体上便处处变得稀薄起来。这雾霭既不像平常梦中所见的那样稠密，也不像寻常所意识到的那样混杂，并且也不是横亘在这中间的浓重阴影。要说是灵魂在穿越身体，那就已经有了语病。它是随同灵魂行至周身细微的神经末梢，轻轻净洁着泥塑肉体的内部，从感官实觉那里遥遥而来的一种状态。我对自己四周不断发生着的事是清楚的，同时还深知，这份清醒的意识是一种风姿绰约、不带土气的特殊之物。就像流水萦回床下时草席会自然漂浮起来一样，我的心随同它所栖居的身体从被窝间飘浮了起来。更恰切点说，即便与腰、肩和脑袋相交接的厚实被窝整个被收掇去了，心和身体仍将安然飘浮在它原来的位置上。据说癫痫发作前弥散在陀斯妥耶夫斯基全身的欢乐便有这么一种性质，为了它的瞬间出现，将心甘情愿地赌上漫长一生的性命。我的欢乐却没有这样强烈，它毋宁是恍惚之间，一种幽微的风趣在生活的每个角落，清轻而又深刻地留下它的印痕而已。因此，陀斯妥耶夫斯基所经受到的那种忧郁的反作用力，在我这里就不曾露过面。从清晨开始，我一次次地进入这种状态，时过中午，犹能充分体味到这种内心的荡漾。这样，醒来时总能怀持这份欢欣的记忆，以当作幸福的纪念。

陀斯妥耶夫斯基所享得的境界，是他生理上疾病将至的一个预告。我这人生过半时的一段兴致，只是贫血所致的结果而已。

仰卧人如哑，默然见大空。

大空云不动，终日杳相同。

二十一

和我如出一辙，陀斯妥耶夫斯基也曾被拽到了死的门口，是受了折磨之后又得以放归回家的有福之人。但致使他生命不断濒临危境的灾厄却并非如我所遭遇到的那种阴险的疾病。他与别人一手所制的法律这套机械程序为敌，以致心脏差点被人射穿。

他在他的俱乐部里谈论时事时喊道：要是忍无可忍，便唯有造反一途！于是遂遭囚禁。长达八个月的时间里，只能照见狱舍间一点薄暗的日光，当他被拽至蓝天之下，便重又站立在了行刑台上。为了等待那份宣判，在差不多零下六度的霜天里，只穿一件衬衣，几乎赤身裸体，直到宣判终结。然后，突然间，他的鼓膜让“处以枪决！”撞击了一下。“真的要杀我？”他不相信自己的耳朵，向一旁的同犯询问道……以舞动的白手巾为号。兵士放下了瞄准目标的枪口。结果，陀斯妥耶夫斯基并未就此吞饮下法律搓揉出的那颗滚烫的铅弹，而是代之以西伯利亚四年的荒野岁月。

从生到死，又从死回到了生，转瞬之间，他的心上便刻下了三道锐利的曲折。并且，这三个阶段是以无从妥协的强硬角度联结成一体的。仅就其变化而言，便是一份惊心动魄的经历。当一个深信自己的生命有着无限前景的人，突然间却不得不在五分钟里边就此死去的时候；当被判定了死之后，还携有剩下的五分钟的生命，在等待着死亡莅临的同时，四分、三分、二分地意识着时间的流逝的时候；当让人格外感念生命已走到尽头的死，突然间翻了个筋斗，回心转意了，被重新赋予了生的命名的时候——我想，像我这样神经质体质的人，纵然只是遭遇到这三种境况中的一种，那也是不堪设想的。事实上，陀斯妥耶夫斯基和他那位休戚与共的同犯便因此而在刑场上精神失常。

尽管如此，已趋恢复的我躺在病床上，仍不时地思忖着陀斯妥耶夫斯基的事。尤其是他被宣判了死之后直到恢复神志，这最后的一幕浮现在了我的眼前——寒冽的天空，簇新的刑台，站在刑台之上的他的身姿，就这么穿着一件衬衣而战栗不已的身姿——便一一鲜明地映显在了我的想象之镜里。唯独他那得知了自己被蠲免了死刑后的咄嗟表情，始终无法清晰映显。而我偏偏就是想见识这咄嗟的表情，为之不断地拼组着所有的画面。

因罹受自然之手的播弄，我差点死去。实际上也死了那么一会儿。当日后唤起当时的记忆，用妻子告知的此事的来龙去脉补缀那一处处空白，回头看到了事情的完整构图，最初的那一刻，我感觉到了所谓的不寒而栗，并为之战栗不已。与这份恐惧相比，则又分外感觉到了“为山九仞，功亏一篑”的欣喜。伴随死生而来的恐惧和欣喜，如同一张纸的正反两面，以致陀斯妥耶夫斯基便时常浮现在了我的联想之中。

“倘若欠缺了最后那一节，我便绝无堂堂正正活着之可能了。”他如此谈论自己道。我有幸没有遭受到那份让人紧张得精神失常的罪，也许更恰切地说，他那恐惧和欣喜的程度，在我是无从揣摩的。如果是这样，那么堪称画龙点睛的那关键的刹那间的表情，随你怎么想象也终将漫漶一片，无从将它勾描在眼前的。在感受命运的一擒一纵上，陀斯妥耶夫斯基之于我的间距，差不多有如诗之于散文那么悬殊。

尽管如此，我仍不时地揣想着陀斯妥耶夫斯基。于是，便不懈地、永无休止地勾描着寒冽的天空、簇新的行刑台，以及他那伫立于行刑台上的身姿，那穿着一件衬衫战栗不已的身姿。

此刻，这想象之镜不知何时起已变得模糊不清了。与此同时，我那死里逃生的欣喜之感也正在一天天地离我远去。要是这份欣喜之感与我始终相伴，那该有多好呵——对自己的幸福，陀斯妥耶夫斯基是终身怀着感激之情的。

二十二

迷迷糊糊地，不知不觉间，我进入了睡梦之中。接着，又让鲤鱼跃出水面弄出的声响一下子惊醒了过来。

我住的二楼房间直对着下面的中庭池塘，池塘里养了好多鲤鱼。每隔上个五分钟，那些鲤鱼便必定会击出很响的水花，就是白天，也随时都会传入耳中，夜里声响就格外地大。隔壁的房间、楼下的澡堂、上面的三楼及屋后的山麓，正沉浸在万籁俱寂之中，我却时不时地让这声响给惊醒。

已记不清从前是什么时候学到英语中“狗睡眠”（dog sleep，意谓不时惊醒的睡眠）这个词的，但对“狗睡眠”一词涵义的实际体验却是从此刻始。我天天晚上都得为这“狗睡眠”而烦恼。好容易睡着了，正为此谢天谢地，可要不了多久又马上醒来了。天还没亮？就这么急不可耐地盼了好几回的天亮。一个捆在床上动弹不得的人，在这寂静无声的夜半独自挨着，觉得时间格外漫长。当鲤鱼威风凛凛地划开水面，我便在这鱼尾叩击自己勾画出的水波的声响中醒来。

房间让光亮照射着，那是一种比夕暮时的光线还要来得暗淡的光亮。天花板上垂下的电灯让黑布遮盖得严严实实。微弱的光亮从黑布的网眼间泄出，幽然地照着这间八榻榻米[①]大小的房间。薄暗的灯影下坐着两个身穿洁白衣衫的人。俩人都有点少言寡语，俩人都木然不动，俩人都将手搁在膝上，就这么肩膀挨着肩膀，纹丝不动着。

望着黑布裹着的灯泡之际，我想起了薄纱缠着金箔的丧幡的端头。让这跟黑纱有着关联的灯光幽然映照着的白衣护士，就其悄然无声与举止的优雅而言，看上去就跟幽灵般的小偶人似的。并且，每当我需要什么的时候，这小偶人便一定会默然无语地动作起来，从不爽约。

我也默不作声，不去惊动她们。可是，只要我躺着的位置稍微有点儿变化，总会惊动她们。手在毛毯下踌躇了一下，肩膀从左边朝右边稍微摆动了一下，脑袋——每次醒来时脑袋总是发麻，或许是因为脑袋发麻才给闹醒的——那脑袋在枕上挪动上那么一丁点，再或者是脚——我还常常让脚给闹醒。平日的癖性时不时地一件件摞积起来，就这么渐积渐

① 日本面积单位，1 榻榻米约合 1.62 平方米。

多，压在底下的骨头便像是压了块咸菜缸里的镇石似的，吱吱嘎嘎作痛，然后就痛醒了过来，于是，我便不得不忍着剧烈的痛楚和重压，变换一下脚的位置。所有这一切，只要我一有动静，身穿白褂子的绝无按兵不动之理。有时，我觉得还没待我弄出动静，她们就已预计着做出反应了。有时，手脚和脑袋虽然不见动静，可只要一醒转，白褂子便立时会出现在我的眼前。我一点都不了解身穿白褂子的女子的心思，她却对我的心思一目了然，并且如影随形似的变换着，如响随音似的操劳着。在黑布缝里泄漏出的微暗的光线下，身穿洁白褂子的女子总是抢在我的肉身之前，悄无声息而又谨守规则，时时顺从着我的心愿而忙碌着，真让人觉得可怕。

我怀持着这般恶劣的心绪睁开眼，直愣愣地望着映在我眸子里的房间的天花板，然后看了眼黑布裹着的电灯，以及黑布缝隙间泄出的光照下身穿白褂子的女子。刚看了这么一眼，白褂子便动作起来，向我挨近过来。

秋风鸣万木，山雨撼高楼。

病骨棱如剑，一灯青欲愁。

二十三

我对生存在这善意早已枯竭的社会里的自己，颇感多有扞格。

别人对自己尽了相应的义务，这本是件不胜感激和庆幸的事，但义务乃是忠于职守之意，不是一个适用于指称人的词，因而，对于坐享义务之结果的我来说，虽觉得庆幸，但对尽了义务的对方又难起感激之念。如果那是出于善意，他的一举一动都在替我着想，那么人非木石，孰能无情，我自然会对他的举动一一做出回应。这中间有一根彼此维系和依存的温情脉脉的纽带在，从而让人对这机械的世界还能心存一份指望。比起坐着电车转眼间穿越一个街区，还不如让人背着蹚过一道浅滩更见人情味。

在这没有人会诚心诚意尽义务、就连自己的一份义务都不会好好去尽的世界上，举这样奢侈的例子未免显得过分。心里虽然明白，可我对生存在这善意已然枯竭的社会里的自己，还是真切地觉得扞格。有人在书里这样写道，世道太艰辛了，不妨省俭下一辆自备人力车，暂且典当上一份良心吧。但这典当不过是一时通融的权宜之计。时至今日，就连应该典当出去的善意，这一与生俱来的天然之物，在大多数人身上似乎都已日见稀少，任你怎么手头宽绰恐怕也难以赎回的了。心里虽然也明白这个理儿，可我对生存在这善意早已枯竭的社会里的自己，仍然觉得多有扞格。

眼下的年轻人，无论执笔，还是言谈，抑或躬身践行，无不把“自我主张”放在一个根本的位置。世道被形塑到了这等地步。世道正如此虐待着当今的年轻人。若当面领教到这类“自我主张”，多半会感到嫌厌并加以责难的，但逼迫他们竟敢无所忌惮地力主“自我主张”的，不是别人，而是当下这个世道，尤其是当下的经济状况。“自我主张”的内里，裹藏着与自缢、投河不相上下的悲惨和烦闷。尼采是个孱弱的男子，诸病缠身，并且是个孤独的书生，于是，便有了《查拉图斯特拉如是说》。

虽有如此解释，可我对生存在这善意早已枯竭的社会中的自己，依然时常感到扞格。尽管跟人相处时举止一向笨拙生硬，可我对自己仍有扞格之感。然后我就病了。然后，在病重的那段时间里，我把这扞格之感不知忘在了哪儿。

护士用杯子盛来五十来克粥，搀上鲷鱼酱，一匙一匙喂到我的嘴里，让我觉得自己就像是麻雀雏儿和乌鸦雏儿似的。随病情消退，差不多隔上个五天，大夫就会替我开上一份食谱，有时也开上个三份四份，做一番比较，挑出一份最适宜的，剩下的便只得废弃。

大夫是一种职业。护士也是。既收受礼物，也领取报酬，自然不是白照料你的。以为他们仅仅是出于牟利目的才忠于其职守和义务，这样解释未免刻板，也过于露骨了。不过，要是他们的义务里融进一半的善意，并让病人透过自己的眼睛看到这一点，那他们的所作所为，不知该会变得有多尊贵，因为凭借他们带来的一点善意，病人便得以一下子幸存了下来。我当时便是这么解释的，并为之暗自欣喜，我想，大夫护士让人这样解释着，想来也会觉得高兴的。

跟孩子不一样，大人能从一丁点的事情里，探究出十条二十条的道道来，因而极少有机会尽情吸收理应成为生活之根基的纯洁感情。一生中能有几次真正让人高兴过、真正让人感恩过和真正让人珍贵过的事呢？算来寥寥无几。当时的那份感情，即便不那么纯洁，但毕竟给我增添过一份生命力，我祈愿它不失本真，长驻心间，并深深地担忧，这份感情很快便会化作仅仅只是一片记忆——因为，我对生存在这善意早已枯竭的社会中的我，颇感多有扞格。

天下自多事，被吹天下风。
高秋悲鬓白，衰病梦颜红。
送鸟天无尽，看云道不穷。
残存吾骨贵，慎勿妄磨砻。

二十四

小时候，家里有过五六十幅画。有时是在壁龛前，有时是在库房里，或者是在晾晒的时候，我曾跟它们依次打过照面。我还曾以独自蹲踞在挂轴前，默默打发时光为乐。至今依然觉得，比起看一场像是倒翻了玩具箱似的光怪陆离的戏来，面对自己中意的一幅画时，感觉要来得远为舒适。

画里边，我最感兴趣的是敷彩的南画。可惜的是，我家藏画中这类南画并不多见。因为还是个孩子，自然分不出画艺的巧拙，要说喜欢不喜欢，只要构图表达了对我心思的天然的色彩和形态，便会令我眉飞色舞的。

鉴识上未曾有过积累修养的机会，打那以后我的趣味并没有什么特别的新的变化，因而或许会有凭借山水而爱画之弊，但凭借名字而论画之讥一直与我无干。恰如跟画差不多同时嗜好上的诗一样，不管出于何等大家的手笔，不管如何的前无古人后无来者，不对我心思者，我压根儿不觉得自己有顾盼的义务。（我把汉诗内容一分为三，挚爱其一部分，同时痛加诋毁另一部分，至于剩下的三分之一，则说不上是喜欢还是嫌恶。）

前面紧挨着凸起的青山，庭院里种植的梅花映照在春光里洁白一片，柴门前流淌的小河顺墙垣缓缓绕过……有时候，我端详着这样的住家——当然是在画绢上——便会对一旁的友人说，这么好的地方，这辈子真想住上它一回呵。友人仔细地瞅着我那挺当回事儿的脸，带着怜悯似的神情说，住那样的地方会有多不便，你知道么？这位友人是岩手人。我在为自己的迂阔感到羞愧的同时，又对这注重实际的友人在我风雅之心上涂了层泥不胜恨恨。

这已是时隔二十四五年的事了。在这二十四五年间，我也已在无奈之下，渐渐变得像岩手出身的友人那样看重实际了。与其下到山崖下去溪流里汲水，还不如接根水管到厨房里来好些。但尽管如此，那种迹近南画的心绪仍时时闯进我的梦境，尤其是患了病、仰卧病榻之后，便在心胸间络绎不绝地勾描起绮丽的云彩和天空来。

接着，收到了小宫君寄来的印有歌麿锦绘浮世绘版画的明信片。画的色调显得古色古香，自然让我着迷，我久久地目不转睛盯着这画看，没承想一翻过来，明信片的反面却写着真想托生为此画中人一类的话，这跟我当时的情调显得格格不入，故而我让身边的人转告，这么黏黏糊糊的好色男子太讨人嫌了，本人喜欢暖色调的秋色，喜欢从这色调中溢出的大自然的芳香。可这回倒好，小宫君自己跑来坐在我枕边，向我这病中之人灌输起陈腐之词来，什么大自然固好，可也必得用作人的背景才行，诸如此类，于是我一把揪住他骂道，你这乳臭未干的毛孩子！——病中的我就是如此留恋着大自然的。

天空的清澄，就像是清澈到了天穹尽头似的。朗日高悬，遍照目力所及的所有碧蓝之处，我在其返照的大地上，在这遍照之下，独自寂静无声地感觉到了一股暖意。然后，眼前出现了无数成群飞舞的红蜻蜓。然后便写起了日记："天道胜于人道，沉默胜于言语……跟人不生分，红蜻蜓，飞来肩上歇。"

这是返回东京后的情景。回到东京后，就跟小时候似的，一时间，我便置身在了美丽自然之画的不断制驭之下。

秋露下南涧，黄花粲照颜。

欲行沿涧远，却得与云还。

二十五

孩子来了，快瞧瞧吧。妻子凑到我耳根旁说。因为没有力气挪动身子，就这么保持着原有的睡姿，只是把视线移了过去。孩子正坐在距离枕头六尺开外处。

我住的这间八榻榻米的屋子，壁龛在脚那头，我的枕头堵在隔开两个房间的纸拉门边，纸拉门左右曳开着，我便从这纸拉门间，隔着门槛见到了我的孩子。

大概因为隔着一个房间，又是高高在上，看去视力格外的别扭、吃力吧，便觉得坐在那里的孩子的身姿出乎意料地遥远。勉强瞥了一眼，映在眸子里的脸远离着我，与其记述为父子相会，还不如记作远眺更合适些。除开这惊鸿之一瞥，我就再也没有瞧过孩子的身影一眼。我的眸子马上回复到了原有的自然角度。但就在这短短的一瞥之间，我已看到了一切。

三个孩子[①]，从十二岁到十岁再到八岁，就这么顺着，

---

① 依次为笔子、恒子、荣子。

一溜儿在另一个房间的正中央给排成了一列。三个都是女孩。为了日后能有一个强健的身体，她们奉父母之命去茅崎过了整整一个夏天，直到昨天，兄弟姐妹五人还在海滨到处乱跑着。得知了父亲危笃的消息，这才在亲戚陪伴下，离开沙滩厚实的小松原，专程赶到修善寺来探望我。

但要理解危笃意味着什么，对她们说来年岁还太小。她们记得的是死这个词。然而，她们年幼的头脑深处尚未留下过死神恐怖的阴影。她们还无法想象，被死神缠住了的父亲，他的身体嗣后将会发生怎样的变化。她们当然还无从意识到，父亲死后将会给自己的命运带来怎样的后果。她们只是为了探望父亲的病情，让人陪伴着乘火车来到了父亲的住处。

说不定这是见上最后一面了，这样的愁容在她们脸上无从寻索。她们有的只是一种超越亲子间生离死别哀痛之上的天真无邪的神情。然后，三人被安顿在众人中一个特殊的位置上，并排坐下，在严肃的气氛中做出安稳平静、颇有礼节和一本正经的样子，看上去像是觉得拘束而难受似的。

我只是很吃力地瞥了她们一眼。于是便觉得，特地把这些浑然不知病患之为何物的小可怜虫大老远地拽来，让她们就这么其志可嘉地坐在枕边，反倒是件残忍的事。我唤过妻子，关照她说，孩子好容易来这么一趟，就让她们上附近四处转悠转悠吧。对我说来，要是我当时惦念着这或许是我们父女间最后见上一面了，那说不定我就会再稍稍仔细地看看她们的身姿，可我并没有觉得自己的病情像大夫和身边的人所担虑的那么危险。

孩子很快就回了东京。过了约一个星期，她们分头写了慰问信，塞在一个信封里，寄到了我的住处。十二岁的笔子的信里掺入了方块字，参差不齐，是用了敬语的文言："祖母大人每日参拜神佛百次，风雨无阻，祈愿父亲大人早日康复。又，高田伯母大人亦赴某神社参拜。阿房、清美及武女三人，每日更换猫坟前之祭水，供以鲜花。祈愿父亲大人尽早痊愈。"十岁恒子的信写得稀松平常。八岁的荣子写的全是片假名，若填上文字以便阅读的话，则信文如下："父亲的病好了没有？我很好，请放心。父亲也别牵挂我，快快治好病，快快回家。我每天上学，没请过一天假。再有就是问妈妈好。"

我躺着撕下一页日记，在那上面写道：父母不在身边的这段日子，都得听祖母的话。下回要有机会，会给你们捎上些修善寺的土特产的。妻子当即把它寄走了。直到我回到东京，孩子们依旧若无其事地游玩着。修善寺的土特产早已给弄坏了吧。等她们长大成人，要是有机会读到她们父亲的这段文字，最终不知会作何感想。

伤心秋已到，呕血骨犹存。

病起期何日，夕阳还一村。

二十六

五十克，只合日本计量单位的二匀半，一想到终日维持着我这具身躯的就是这丁点饮料，就连自己都觉得遗憾，既心疼又觉得愚蠢。

我恭恭敬敬喝下五十克葛汤，然后，两只胳膊一早一晚打上两回针。胳膊上布满了针眼洞。大夫询问道，今天打哪只胳膊？我回答说，哪只胳膊都不想打了。将药液溶于器皿之中，抽进针管里，小心翼翼地拭拭针头，细微的药液呈泡沫状在针尖喷出，这注射前的准备煞是好看，看着有心旷神怡之感。可那针头猛地扎进手臂，硬是朝里边注射药液，却令人殊觉不快。我问大夫，这整个茶褐色的液体究系何物，森成先生答曰 Bummern 之类，毫不客气地让我的胳膊生生作痛。

时隔不久，一日两回的注射减少到了一日一回。那一回没多久也给停掉了。于是，在葛汤的量有所渐增的同时，口中开始执拗地发黏，得不时地靠清爽的饮料清洗舌、颚和咽喉才行，否则黏得难忍。我跟大夫要冰块，大夫怕冰碴太硬，滑进胃里会有危险。我望着天花板，浮想起二十岁那年患腹膜炎的一段往事。其时，我被禁食所有的饮料，以防有碍治疗。只是从大夫那里得到了用凉水含漱这么点自由，因而一个小时里边，不知要让人给我含漱上多少次，并且每次趁人不备，将含漱的水偷偷咽下一些，尽力装出干渴难挨的样子蒙混过去。

我已不复有重现昔日计谋之勇气，嚼碎口中用以润口的冰块之后，坦然地毫无保留地将之吐出，改为一口口地喝平野矿泉水①，一日喝上个数回。平野水咕嘟咕嘟顺食道落进胃里时的心情真是痛快，以致一咽过三寸喉咙后还想喝。半夜里，我屡屡向护士要过一份灌在玻璃杯里的平野水，揣着感恩之情喝下，这是我记得一清二楚的当时情景。

干渴渐渐消失了。接着，可怕的饥饿在我的腹中横冲直撞起来。我躺在病床上，在想象中收集起一道道美味食膳，将其展列在眼前，并引以为乐。不仅如此，我同样还为好几

① 碳酸水，即苏打水的旧称，原以兵库县平野温泉的地下碳酸水作为饮料出售，故名。

个人备置了食谱，欣喜地想象着众多朋友品尝美味时的情景。现在想起来，当时根本就没有那些很常见而又让人觉得喜爱的食物，而摆在眼前的饭菜，就连当时处在那样一种饥饿感下，我都觉得兴味索然。

森成先生说，大概是葛汤喝厌了吧，特意让东京寄了些米来，给我熬了米汤。这对来到这个世上就是啜着米汤长大的我说来，真是求之不得。然而，喝了一口就让我惊诧不已，太难下咽了，这种滋味的米汤让我碍难亲近，便转而要了片饼干。饼干带来的喜悦至今仍记忆犹新，为此我还特地让护士去了趟医师室，替我致谢。

不久，我获准可以喝粥了。粥的甘美仅在记忆中有些淡淡的残存，那份实感眼下则已无从忆及，不过，一边暗自疑惑着世上竟会有如此甘美的食物，一边却大口吞咽出声，这一点可以确凿无疑。打那以后，燕麦粥来了，苏打饼干来了，我怀持感恩之情吃到了所有的食物。接下来，就像日课似的，我天天向森成先生吵着想再多吃些东西，到了后来，弄得他都不敢挨近我的病床了。东君特地跑去告诉妻子说，老师煞有介事的神情，就跟孩子似的，说话一刻也离不了食物，真是奇了怪了。

春雨滴滴下

甘粥润枯肠

二十七

Rudolf Eucken① 是正面主张精神生活的学者。作为学者的习惯，在提出自己的学说之前，觉得有必要打破所有别的学说。于是，为了显示所谓精神生活的新的意涵，他有意识地对原有的影响着现代生活的处世学说一一加以非难。自然主义给打发掉了，社会主义也遭到了攻击。当他谈论到所有的学说在他眼里都不过是对存在权利的错失时，他便拈出了这精神生活四个字，紧接着便连连称叹，精神生活的特色是自由，是自由。

若是试着去向他探询，自由的精神生活究竟是怎样一种生活，那么显而易见，他绝不会明确回答说是如此如此的一种生活，而只能是将华妙的话语做一番秩序井然的排列，将貌似艰深的道理曲里拐弯、叠床架屋地说上一番。此中也许即有学者的手腕存焉，然而，对于裹挟进这团乱麻之中的门外汉说来，却唯有感到茫然而已。

① 鲁道夫·奥伊肯（1846—1926），德国哲学家，承续费希特及黑格尔之余绪，强调精神生活的意义，对明治以降的日本思想界影响颇大。

要是暂且将哲学家的语言转译成平民百姓所能听懂的语言，那么 Rudolf Eucken 所谓自由的精神生活，不就意味着这样的一种生活么？——我们为日常衣食而忙碌着，但旨在谋取衣食的劳作是一种消极的劳作，换言之，它包含着一种强制性的痛苦，即不允许我们依据自己的好恶而自行做出选择。像这样一种外来强加的劳作是不配称作精神生活的。倘若想拥有精神性的生活，那就得无所顾虑，自己积极进取，就得无所羁縻，凭一己的意志行事，自由自在地生活。

如果是这样的一种解释，那么谁都不会觉得他的精神生活是件无谓无聊之事。Auguste Comte① 视倦怠为促成社会进步之原因。与其说人是因为倦怠得穷极无聊才去找事情做，还不如说是因为内心深处盘踞着某种难以自抑的东西，人依顺自然之势，将按捺不住片刻的活力当作一种生命的波动勾描出来，这才是人实际上更为投入的一种生存方式。舞蹈也好，音乐也罢，还有诗歌，可以说，一切艺术之价值即存在于兹。

不过，至于缠绕在学者 Rudolf Eucken 脑际的精神生活，

① 奥古斯特·孔德（1798—1857），法国哲学家，实证主义倡导者之一。

眼下是否有可能成为存在于世的一个事实，那自然又当别论。他 Eucken 自身是不是过得上那种纯然无杂的自由自在的精神生活，推想起来也并不那么明了。在持续托身于此种生活之前，吾人至少须得早已作为一个无职无业的闲人而生存在世。

开豆腐店的，若只是大清早来了兴头才捣动一下石臼，一旦没了兴头就绝不磨豆的话，那他就做不了买卖。进而论之，要是豆腐只卖给对自己心思的人，而一概谢绝自己嫌厌的客人，那就更做不成买卖了。所有的职业，要成为一种职业，就得在店堂里点起一盏公平之灯。公平这个美好的道义上的词，倘若从其反面来谈论的话，不过是一个带有机械性的丑陋本体而已。准时发车到站、一刻不得延误的列车般的生活，与所谓的精神生活，只能是有着对立性质的两极。于是，就像十这个数字可以分为两份，成为七与三或六与四之和一样，普通人便不得不听命于天意，依照既便利于自己、又投合于世界的方式（即忠实于职业的方式）而生活着。这是常态。并且，就连一个钟爱艺术的人，当他将自己所倾情的艺术当作一份职业时，也将面临这样一个无可回避的事实，那就是，在其艺术被职业化的那一瞬间，本真意义上的精神生活便已受到了污损。因为作为艺术家，他是自然浑成、兴味盎然地有待自己钟情的作品的完成，与之相反，作为职业家，他不得不以博取他人的称赏和卖得出好价钱作为公开的追求。

在个人性格及教育状况方面似已变得滞碍难行的 Eucken 所谓的自由的精神生活，即使从现今社会组织的角度看去，其应用范围也已变得如此之狭小，而把它当作如同可以放之四海而皆准的大学说来谈论，这不能不是患了学者的通病，有以偏概全之弊。不过，对于因嗜爱文学艺术而择其为业，同时却又嫌厌着职业化的文学艺术如我辈者说来，有时候，这种自由的精神生活会唤醒我们的注意力，并对我们的批评心构成强有力的刺激。罹受大患之余的我，遂又重新沐浴到了精神生活的光照，而自我幼年失去双牵的怙恃以来，这种光照于我已是暌违多时。然而，这光照仅仅持续了一两个月。随着我病情的痊愈，随着我重又被渐次推进现实世间，我便不由得歆羡起将这番议论公之于世、并因之而自鸣得意的 Eucken 来。

二十八

毕业离校的当初，我曾一度客寓在小石川一处寺院里。此间的和尚，在判定人一生的命运时，用的不是正经本分的路数，因而走进寺门后的那间幽暗的屋子，便时常能见到陈放着的算木和筮竹。公开张揭招牌，这本属商贾的所作所为吧。前来求签占卜者，多时，一日四五人，少时，则整夜根本听不到一点搓揉筮竹的声响。我从不看重占卦，对于此道，与和尚之间向来抱持一种井水不犯河水的姿态，只是常常隔着纸拉门，在和尚开导着当事人在婚媒之事上满打满算的做法时插上一耳，所以跟和尚碰面时，相互间从不搭一句腔，就这么在寺院里客寓了好长的一段日子。

有一次，不知借了个什么由头，便人相啦，吉凶的方位啦，话题不知不觉地滑进了和尚的势力范围，冗谈的中途，当我发问道："我将来会是个什么样子？"和尚便目不转睛盯住我看，然后回答说："不怎么坏。"不怎么坏，那言下之意便是不怎么好，即是在宣告，您的命运很一般。因为无奈，我便默然无语。于是和尚便说："您会赶不上为双亲送终哩。”我答道：“是么？”于是他又说：“这一回您有一路西行之相。”我又答道：“是么？”到了最后，和尚劝导我：“下巴上赶紧生出胡须来，买块地，盖处宅第。”我答道：“要是有买地盖宅第的能耐，我也就没必要到你的地盘上来受这份罪了。”不过，因为想知道下巴上的胡须和地皮宅第究竟有何干系，故而试着就此反问了一句。于是和尚神情严肃地作答道：“您的脸分为两截的话，则上半边长，而下半边嫌短，所以不安稳。所以，要是早些长出胡须，让上下对称起来，就是端坐不动的脸相了。”对我这张麻烦的脸所做的这一物理抑或美学的批判，以及这位温文尔雅、举重若轻、像是一手把持了我未来命运似的侃侃而谈着的和尚，让人觉得有几分可笑，于是，我便应了声：“你说得不错。”

一年不到，我遂去了松山。后来搬到了熊本。又从熊本出发去了伦敦。正如和尚所云，一路西行复西行。我母亲在我十三四岁的时候就已过世，当时我虽则就在同一座东京城里待着，最终却未能侍奉在临终之席的左右。收到东京发出的告知父亲噩耗的电报，则是我住在熊本那段日子的事。如此看来，和尚说我赶不上为双亲送终的话，将就着也是一语中的之言了。至于下巴上的胡须，自那个时候起，直至今日，刮了一茬又一茬，倒是一直不曾让我安宁过，只是地皮与宅第，是否真的已随胡须之繁衍而为我所据有，迄今尚未有个定论。

不过，一俟我在修善寺患病卧床，两颊便拉拉茬茬了起来。五六天一过，那胡须便一根根可以拈得起来的模样，没多久，两颊和下颚间便被掩埋得严严实实。就仿佛时隔十七八年之后，和尚的忠告开始见效了的一个兆头似的，胡须茂盛了起来。妻子说，再长得长点儿就好了。我的心也半悬着，不时地来回抚弄着这一脸的胡须。可还没过几天，因为头发不梳不洗的，积满了油腻污垢，觉得腌臜难耐，一天便唤来了剃头匠，因陋就简地将就着，就这么躺在病床上，给拾掇了一下脑袋，刮了把脸。当此之时，拥有一块地皮和一处宅第的资格，便再一次干净利索地与我失之交臂。一旁的人一叠声地啧啧称道，都说变年轻了、变年轻了。唯独妻子略呈惋惜之色道，哎呀，全刮了呵？除了希望丈夫病体康复外，妻子还想要一块地皮和一处宅第。要是真能保证不剃胡子地皮宅第就一定能到手的话，那么即便是我，也理所当然会原封不动地保留着这方下巴的。

打那以后，胡子便不断地被刮去。清晨，每每一大早坐起身子，眺望着出现在三楼屋檐和我病室纸棂窗之间那点空隙处的山巅，来回抚摸着刮得洁净光滑的脸颊而感到由衷的欣喜。看上去，像是对地皮宅第一事已暂告断念，或是把它当作一种晚年之乐，准备留待日后去索取了。

客梦回时一鸟鸣，夜来山雨晓来晴。

孤峰顶上孤松色，早映红暾郁郁明。

二十九

修善寺既是村名又是寺名，此事还未动身去修善寺前就特意了解过了。不过，该寺将由击鼓来替代撞钟，却是我不承想到的。最初得知这个消息是什么时候已完全记不得了，只是时至今日，我的鼓膜上还时时震响着咚咚咚这想象中的击鼓声。于是我便不由得回想起去年的那场病来。

与去年那场病一起被回想起的，是悬挂在簇新的天花板和簇新的地板之间的大岛将军的从军诗。于是，当时从早到晚不知要诵读上多少遍这首诗的情景，便清晰地回想了起来。簇新的天花板与簇新的地板之间，簇新的柱子和因为过于簇新而显得开阖不那么灵便的纸拉门，至今仍能历历在目，然而从早到晚不知要反复诵读上多少遍的大岛将军的诗，却是过目即忘、过目即忘，如今只记得，在一匹洁白的绸缎上，始终以相同的步幅疾驱着，到天头地脚则另起一行，就像在一道白墙上画出了一道黑线似的，至于诗段，除了开头的剑戟二字之外，就什么都记不得了。

咚——咚，每当想象中的鼓声在我鼓膜间震响时，我便想起了所有这些往日的情景。这里边，只要一想起当时为了缓解臀部的痛楚，就这么一动不动地仰躺着，寂寞难耐而又焦急万分地等待着天亮的情景，修善寺的鼓声便会借种种联想，随时随地猝然响彻在我的耳朵深处。

这鼓声敲得毫无风趣，徒然败人意兴，仿佛是将头尾任意斩去之后，单单截取一个中段，然后自暴自弃地将之掷给黑夜似的，听上去十分的粗鲁生硬，并且紧随这漠然无情的咚的一声之后的，便是啪嗒一声。我竖耳倾听着。深夜的空气静寂得纹丝不动。过了好一会儿，正寻思着这次莫非是我的错觉的当儿，便又是咚的一声。并且这招人嫌厌的声音，就像坠入水中的石子似的，一下子就消失在了夜色之中，表面看去一片寂静，就像什么也没发生过。我难以成寐，静候着下一次击鼓声的到来，仿佛一名守候伏击的兵士。好不容易总算等来了下一次的击鼓声，与第一第二下如同一辙的枯寂至极的鼓声——实难称其为鼓声——这在黑色夜气里打着无所顾忌的点儿，发出吞吞吐吐状的声响，突如其来地叩击了我的耳朵后即告消失，嗣后我便仔细地谛听着这漫漫长夜。

已是夜长的时节了。已是暑天渐去，逢上雨天，就得在斜纹哔叽衣的外面套上件短外褂，或一大早就死心塌地地穿上夹衣，否则难免肌肤受寒的时节了。日落西山，白昼要比平常日短时的白昼来得更短，所以灯随时随地都得点着。而入夜过后，天却迟迟不亮，以致一到夜晚，我便变得焦躁不安，惧怕起吞噬着白昼的漫漫长夜来。眼睛一睁开，看到的就必定是夜色。长此以往，不知还要在这寂静无声的黑夜里载沉载浮，度上多少个时辰？每念及此，我的病，就连我自己也觉得难以忍受了。我烦透了目不转睛盯着簇新的天花板、簇新的柱子和簇新的纸拉门看。而洁白绸缎上写着大字的挂轴，则尤其地让我觉得厌烦。呵，要是天能早点亮就好了，我想。

此时，修善寺的鼓咚地敲了一下。接着，就像是存心想让我望眼欲穿似的，把间隔拉得长长的，吞吞吐吐地缝合起幽微的夜色来。等那鼓声五分钟一下七分钟一下地渐渐来了劲儿，最终有了比骤雨的雨滴还要来得频繁急促的变化，在我看来，那便是马上就要日出的预告。鼓声停歇之后挨上好一会儿，才会有护士起身前来打开病室走廊里的木板套窗，当此之时，我感受到了一种无上的欣喜。窗外的天色看上去总是灰蒙蒙的。

到过修善寺的人里边，还没有谁能够像我这样对太鼓做出一番精密研究的。其结果，使得我的耳膜时至今日，仍能错觉般地时时听到这并非余音袅袅、而是如同斲砍声一般的鼓声，而当时的种种感觉，也一时间重新回到了心里。

梦绕星潢泫露幽，夜分形影暗灯愁。

旗亭病近修禅寺，一晃疏钟已九秋。

三十

正打算翻过山去，将满山谷的百合饱览个够，可才下了这份决心的第二天，我便倒在了病床上。想象中，洁白的百合花，其时正漫无边际地绽放着，绵延不绝，看上去就跟星罗棋布的围棋子似的，微微掩映在绿丛深处，郁积起浓浓的花香，花叶密匝得透不过气来，不时地等待着风的抚弄。客寓此间的人们从山里摘来了一株，插在瓶里。寻香推索，想必是一朵又洁白又肥大的百合了。于是，我的脑子里便勾描出了一幅阔大得不相称的画来。

我还浮想起了一个月前的事。当床头养了盆菖蒲时，我从芥舟君①那里初次得以承教：“《圣经》上记述的某野百合，即今之菖蒲者。”于是交谈间便觉得，这一来对野百合就有了截然不同的感觉。就连一向跟《圣经》缘分甚浅的我，也唯有觉得这种带有热带风味、呈华丽桧扇状的菖蒲，用以表达深沉的情趣是显得太过强烈了。菖蒲无关紧

① 畔柳芥舟（1871—1923），日本英国文学研究者，第一高等学校教授，漱石的同事，著有《文谈花谈》等。

要。我在想象中所勾描过的幽微之花却一朵也无从亲睹，而就在这当儿，时令已进入立秋，百合便随同露水一起零落为泥。

人们去了后山，替病人四处摘了几茎伸手可及的花草回来。后山近在咫尺，出我的病室，沿走廊一直上坡便是。只要打开纸棂窗，就是躺在床上，也能望见眼前掩映在走廊与门楣气窗之间的部分山景。这部分的山景，是由山岩和山草，以及盘旋而上、像是给山岩镶了道衣襟的羊肠小道所组成。替我前去采摘花草的人们那爬山的身影，从走廊那里攀爬到了门楣气窗的高度，便一下子藏掖了起来，然后再以相反的顺序重新出现，最后终于消失在了我的视线之外。我便眺望着这大起大落的变化，并且用一种生疏的目光，眺望着再次从门楣气窗之上蜿蜒而下的他们的身姿。他们一定是身着粗条纹的租借来的浴衣，日头直射时便用毛巾裹着头。当那看上去根本不适合攀爬陡峭山路的身姿，突然怀揣鲜花出现在了山崖边时，便给我这患病之人带来了一种戏剧中才会有的感觉，这是一种奇妙的协调。

他们替我采摘来的，只是些色彩极为单调的秋草。

一个寂静无声的晌午，纷披在榻榻米上的长长芒草刚被剪插完毕，有一只蟋蟀，不知从什么时候起，也不知是从哪里来的，就这么大模大样地栖居在了里边。其时，这虫子的重量像是要坠弯了芒草似的，而映在镶了新银的壁橱格扇门上的那几分绿意，仿佛被晕染了色彩，淡淡地、朦朦胧胧地诱惑着我的眸子，益发给了我一种动感的刺激。

芒草差不多是转眼间就枯萎了的。就连相对说来可以养得久些的女郎花，看上去也显得色素不足。当渐渐让秋草的清寂牵惹起忧郁的忆念时，一种名叫蜀红葵什么的红得炽烈的花瓣，开始出现在了我的眼前。我给留下来照看屋子的老太婆钱，让她把花折了，她一口回绝道：钱我不要，这花是受人之托照看的，无法从命。耳闻此言，便忍不住想去见识见识，这花儿究竟绽放在哪儿？究竟是怎样的一位老太婆，带着怎样的一种神情在守护着这些花？蜀红葵的花瓣虽则绚丽，但第二天便凋萎了。

沿桂川河岸一路走去，总是零零星星绽放着的大波斯菊，也时常在我的病室里熠熠生辉。在所有的花草里边，大波斯菊是最单纯的，而且最养得长。我望着它那单薄而规整的花瓣，与世无争地独自绽放，仿佛浮动在空中一般的超然，便下了这么个评语：大波斯菊跟点心挺相像的。还曾有人追问过我何以有此一说。从范赖[①]守墓人那里分得一份大波斯菊，那是嗣后有一段时间的事了。听说守墓人前来征询，说是愿意把盆栽的大波斯菊花租借给我们，而我也很想结识结识这守墓人，结果是从畠山修善寺城遗址那儿采来一株野木瓜，替我插在了瓶里。这野木瓜带着一种褪了色的茄紫色，并且其中有一只木瓜已让鸟啄了个洞。在瓶里插着的花草渐次更换之中，节气便渐渐进到了深秋。

日似三春永，心随野水空。
床头花一片，闲落小眠中。

① 源范赖（1147—1199），日本初代镰仓幕府将军，被杀于伊豆修善寺，明治年间在修善寺近郊发现了他的墓葬。

三十一

我早年便失去了两个兄长。他们病卧床榻很久，所以临终时，那将他俩折磨到最后一刻的病魔，都在他们的肉身上刻下了阴影，但在那段漫长的日子里长出的头发和胡须，直到他俩咽气时仍是漆黑的。我的须发虽还没长到这等模样，可因为无法修剪，以致无奈间长了一脸腌臜老头儿似的胡须，一见之下，连自己都觉得惨兮兮的。兄长中的一人，那一脸粗茁胡须的颜色至今依然历历在目。也许是因为离开人世时他脸上带着极为悲惨的神情，消瘦而又衰弱，看上去像是缩了一壳似的，但唯独胡须与之形成了鲜明的对照，以不甘在健康壮者面前服输的劲头延展开来，给人可怖亦复可怜之感。

对于身罹大患、饱受生死攘扰的我说来，那段反复无常的日子，是在生与死一概悬而未决的虚无中度过的。当生死之域稍显分明之时，出于一种急于确认自己存在的意愿，我所做的第一件事便是取来镜子照见自己的脸。于是，冷飕飕的镜子里，便猝然间掠过了一张已在多年前故世了的家兄的脸。不怀好意地独独留下了高凸骨架的脸颊、失却了人形的灰黄色皮肤、凹陷得都快无法转动的眼，以及肆无忌惮疯长开来的头发和胡须——任你怎么看，也活脱脱是对家兄的一个纪念。

只是，家兄的须发直到临终仍像漆一般乌黑，我的须发却已于不知不觉间稀稀拉拉地掺杂进了几茎银丝。忖度起来，家兄是在还没生出白发前就死去了的。说到死，说不定还是那样来得干脆利落些。两鬓和脸颊早已渐染白发，却还一门心思作着苟全性命的打算，若跟时当盛年却为世道无情见弃的已逝壮者相比，我的懦怯已是到了何等无地自容的地步。映在镜子里的表情中，自然既有那种虚幻无常之感，但也会掺杂几分有损于死的羞耻。在 *Virginibus Puerisque*（《为了年轻人》）一书中，斯蒂文森①写道，人不管活到多大岁数也不会失去少年时的那种性情。当时读到这段话时，有一种“的确如此”的认同感，一忆及此，便觉得仿佛重又回到了当时的情景。

Virginibus Puerisque 一书的著者长年遭受病痛折磨，但

① 罗伯特·斯蒂文森（1850—1894），英国小说家。

直到临终始终保持着他那份快活的性情，是个地地道道的男子汉。遗憾的是，他还在黑发之年便离开了人世。有时我不得不这样揣想，要是他活到了六七十岁的高龄，或许就不会有这样的断言了吧。我二十岁时，一见到三十岁的人便会觉得中间横亘着很深的悬隔，而一到三十，便明白自己的心绪跟二十岁时的往昔其实没什么两样；我在三十岁时跟四十岁的人打起交道来，有一种差异悬殊之感，但人到四十，回想起三十岁时的往事，便开悟到自己其实依然活在同一种性情之中。我之所以格外认同斯蒂文森的说法，乃是因为我在几茎白发里，看到了自己迄今为止经历过的世事，以及外表上已经显出的老颓之相，而在情趣绝然不同于平日身体健康时的病理之镜中，更已无从照见那年轻时的身影之故。

是在白发的驱迫下断然决然地大步迈过衰老之门槛，还是藏掖起白发、依然徘徊于年轻的街巷？——这是至此为止，在照镜子的瞬间所不曾思考过的。甚至无须思考，病中的我便已远远地眺望到了年轻人的身影。患病之前，每次和一位朋友聚餐时，他一见到我那修短了的鬓角便会发问道，你是苦于那里有白发窜出来，才把鬓角往上推得这么老高的吧？其时我对于此一追问可以说是相当的在乎。可患病之后对此就完全看淡了，心平气和到了甚至打算将白发公开招摇一番的地步。

在大病初愈的今日，是让病中的我继续存活在那抻长了的心中，还是让其回到患病前与友人一起进餐时的那段年轻时光，抑或顺着斯蒂文森所提示的路走下去，或是推翻死于中年的斯蒂文森的话，而渐渐进到老境？——一个在白发和人生之间迷失了方向的人，在年轻人看来一定是可笑的，然而，对这些年轻人说来，他们也终将会有伫立在墓地与浮生之间，而碍难做出抉择的那一天的。

桃花马上少年时，笑据银鞍拂柳枝。

绿水至今迢递去，月明来照鬓如丝。

三十二

刚开始，我只是漠然望着天空躺在病床上，不久便琢磨起何时才能回家来。有时候真想马上回家，一刻都不想多待。然而，一个在床上都坐不起身子的人，又怎能经受得住在火车上颠簸半日的旅程呢？一想到这，便觉得自己一心念叨着想回家简直就跟痴人说梦似的，所以也就从来不去盯着身边的人追问自己何时才能回家。与此同时，秋日已当着我的面裹挟走了好几个昼夜，天空渐渐地高悬并且湛蓝起来，覆盖在我的头顶之上。

从东京特地赶来的两位医师在跟我寒暄时告诉我，他们认定两周后，动动筋骨对我当无大碍。自寒暄后的第二天起，我便对这终将与我分手的病卧之地和病卧之室，一下子变得依依不舍起来。一心冀望着时光能在这约定的两周时间里，尽可能流逝得缓慢些。客寓英国的那阵子，我曾在心底里嫌厌透了英国。那是一种冷酷无情的嫌厌，就如同海涅之于英国的嫌厌那样。但行将离去时，当我将裹挟着素不相识的人流的伦敦之海扫视了一遍之余，便在环围着他们的鸢色空气的深处，觉察到里边含有一种适宜于我呼吸的瓦斯。我伫身街心，仰望着天空。两周后便该离开此地的我，眼下却不得不横下染疴之躯，独自伫身这病床之上。我伫身于特意为我定制的高约一尺五寸的巨大草褥之上，伫身于打破静谧庭院之寂寞的鲤鱼跃出水面的声响中，伫身于被朝露打湿了的屋脊瓦上那远远近近曳尾而行的鹡鸰之间。我既伫身于枕边的花瓶，也伫身于走廊下潺潺流动的水声。面对萦绕在我身边的如此众多的物象，我低徊不已，静候那预定的两周日期的消逝。

那两周的等待既没让人觉得望眼欲穿、急躁难耐，也没让人觉得有仓促了事的遗憾，就跟平常的两周一样，来了，又去了，随后以一个雨气濛濛的黎明留作了纪念。透过幽暗的天空，我问道："天在下雨？"人们答道："在下雨。"

为了搬移我的身体，人们赶制出一种绝妙的物具，把它抬进房间，长六尺余，宽却不足二尺，呈狭长形，其中一部分被设计成拱曲状，将草席子凸起一尺来高，并且整个儿缠了层白布。我被人抱起，让高高拱起的部位托住腰脊，双足则舒展地横置在平坦处，此时便有了一种送葬之感。对生者谈论送葬是有欠稳妥的。然而，像这样缠了白布，又像床，又像卧棺，一个平躺在这尚未收掇停当的舆肩之上的人，还没咽气就被送去下葬，对我而言，也唯有接受这样的结局。我口中翻来覆去地念叨着："第二葬礼！"因为在我看来，在别人注定只需要一次的葬礼，到了我身上就非得执行上两遍才行。

我被抬着，出房间时是平置的，可到了下楼梯那会儿，因为倾斜，舆肩便一下子像是要从舆夫肩头跌落似的。来到大门口，一同下宿此间的众浴客夹道目送着这副白色舆肩，就像是在葬礼上似的，屏声敛气地静候在一边。我的舆肩从他们中间穿行而过，被抬至下着雨的屋檐外。屋外也聚满了前来观看的人。好不容易才竖着将舆肩抬上马车，架在了前后两两相对的车座中间。尺寸是事先就丈量好了的，舆肩被稳妥地装载进了马车。马在雨中起程了。我躺在车上，聆听着雨击车篷发出的声响，随后透过车夫座和车篷间那点看得见的窄小空间，怀揣感激之情，与巨岩、松树和流水，一鳞半爪地打着照面。竹丛的翠色、柿树的红叶、芋叶、木槿的垣墙，以及成熟了的稻子的芳香，每每目遇这一切，便像重新托生于人世似的欣然回想起，一点没错，眼下正该是出现这些景物的季节了。并进而暗自欣喜地想象着，自己归去的所在，将会有怎样一个簇新的天地等候在那里，它将怎样展开在自己面前，以便重新唤醒我那睡眼惺松的旧时记忆？与此同时，时至昨日还一直令我低徊不已的蒿草褥子、鹡鸰、秋草、鲤鱼和小河，则已悉数消失殆尽。

万事休时一息回，余生岂忍比残灰。
风过古涧秋声起，日落幽篁暝色来。
漫道山中三月滞，讵知门外一天开。
归期勿后黄花节，恐有羁魂梦旧苔。

三十三

在我一生中，只有过一次在医院里过年的经历。

松饰①之影在眼前变得闪烁不定的日暮时分，面对迫在眉睫的这份不可多得的经历，我对自己有了一种异样之感。与此同时，让我觉得不可思议的是，这份异样的感觉只是在头脑里活动着，而对心脏的鼓动则丝毫不产生影响。

我躺在洁白的病床上，真心诚意地比照权衡着自己与医院、与如期而至的新年之间，彼此系结为一体的命运，以及这命运喜欢异想天开的癖性。然而，当我端坐在桌前用餐时，却又觉得顺心遂愿，俨然此处便是自己的家，一点都不觉得有什么异样。所以，即便值此岁时将尽、春日来临之际，却并没有浮想起什么特别的感慨来，因为住院的日子是如此的漫长，以致一个患者与生活之间的亲密关系，在我身上已然切除。

终于到了除夕，我买了两棵小松树，打算将它们安置在

① 日本过年时装饰在正门口的松枝。

自己病室的门口，但支撑松树得钉上钉子，因为不想给完好无缺的柱子留下一道伤痕，便放弃了此举。护士告知说，她正待出门，问我要不要捎两株梅回来，我便嘱她买下。

自我来到修善寺，一直到出院，这半年间，始终陪伴在我身边的，便是这位护士。称呼她时，我一直特意用的是她的本名：町井石子小姐。有时也会出错，把姓和名弄颠倒了，称她为石井町子小姐。于是，护士便会歪着脑袋说，好像还是改成这名儿的好。到了后来，没了拘束，我干脆给她取了“鼬鼠”这个浑名。有一天，不知怎么一来，扯到了“你的脸到底长得像什么”。她便答道：“反正不会是什么像模像样的东西。”大凡是人，要说像什么，那么首先肯定是像动物，纵然像别的，相像起来就不那么容易了。一闻斯言，她便大声嚷道：要是像了植物，那还得了！自那以后，我终于决定替她取了个“鼬鼠”的浑名。

没多久，“鼬鼠小姐”町井便提着红白两株梅回来了。白的一株插在藏泽①的一幅竹画前，红的一株插在粗竹筒

① 吉田藏泽（1722—1802），日本江户中期的画家，尤擅画竹，被称作神品。

里，被置于壁橱格扇门之上。一同下榻此间的寓客送我的一盆中国水仙，那弯曲舒长的叶间，也正一刻不停地散发出洁白的芳香。町井小姐宽慰我道：病治得差不多了，赶明儿得煮上年糕汤，庆贺庆贺新年了。

除夕之夜，和往年一样，安卧枕上，进入了梦乡。身罹此番大患，做病人的在医院里日复一日地挨上好几个月，便是换得在这里以年糕汤庆贺新年的结果？一念及此，脑子里便清晰地映现出罗马字母拼写而成的 Irony（反讽）一词。然而，我四十四岁之年的新春曙色，我那点不足以打动人的情趣，就这样自然而然地降临到了南向的走廊上，而在这中间，我并未体验到丝毫的刺心锥骨之感。接着，便如同町井小姐事先说过的那样，一小块象征性的年糕映现在了一个元旦病人的眸子里。从这碗年糕汤里，我意识到了某种临照于我头顶之上的意义，并在并无多少诗意感的情形下，若无其事地将这切成小片的年糕，一口一口地吞咽了下去。

到二月底，病室前的梅花零零星星绽放时，我得到医师允准，再度回到了广袤世界之中。回想起来，在我住院的那段日子里，与我一同置身于命运之隅的人里边，最终未及等到重返广袤世界机会的来临便已溘然长逝者，其实并不少见。有个来自北国的患者，入院后病势日渐见重，守在身边的儿子因为放心不下，除夕那天便硬是接他回老家去，结果火车还未抵达目的地，就在路上咽了气。有个被安置在隔壁病室的患者，对自己的死期一清二楚，说是没指望的话，大不了也就是死，因而死时安详得让人抱憾。那头靠边那间的溃疡患者，走动时，尖利的咳嗽声一天天变得稀少，莫非病情已经稳定下来？正寻思间，跟町井小姐一打听，才知因为衰弱，不知何时已命赴黄泉了。还有那么一位患者，生了癌，没一点指望了，可还是硬挺着，查病房时一见到医生，便会一骨碌坐起身，撩起后衣襟来。陪在一边的老婆，动辄挨他拳打脚踢，便躲进厕所暗自饮泣，护士看不下去，只得加以劝慰。此事还是从町井小姐那里听来的，至今不曾忘记。还有一位患食道狭窄症的病人住进了医院，因为病情极难诊断，又是请针灸师替他灸治，又是采来海草让他煎服，唯愿能够一举攻克这一不治之症……

我便是同眼前的这些人躺在同一个屋檐底下，享用着同样的一份伙食，并且一起迎来了同一个新春。时至出院后一个多月的今天，若一把攥住过往的日子，将它们陈置在自己的眼前，那么便会在脑子里越发鲜明地捻出 Irony 一词来，并且不知从什么时候起，有那么一种实感，与这 Irony 形影相随，彼此间纠缠在了一起。“鼬鼠小姐”町井、梅花、中国水仙、年糕汤——这所有寻常的景物和情趣的悉数消失，莫非只是为了留下当时的我与现在的我之间这份清晰的对照？

恺裴尔先生

从树叶丛中望去，一眼便能望见那扇高高的窗户，恺裴尔先生的脑袋便出现在了那扇窗户的角上，一旁升腾起一团浓稠的蓝色烟雾。我便对安倍君说：“先生正抽着烟呢。”

这之前，还是什么时候路过这儿的，我早已记不清楚了。可今天一眼望去，时隔并不太久，感觉就好像整个儿换了个样似的。甲武线的山崖上，家家户户的房屋差不多都是簇新的，房屋的门面、构架显得气派不凡，都好像是和现代日本创造的财富的威力合为了一体似的。中间只剩下先生这间老旧的住宅，就好像是为了纪念过去的时光似的。自从先生住进这间早已烟熏成黧黑一片的老旧住宅的书斋，后来他就再也不曾迈出过大门半步，而那间书斋呢，也就一直在那望得见先生脑袋的树叶丛中的高处原封不动。

先生走在我和安倍君前边，踩踏着什么都没铺设、光沓沓、略显幽暗的陡峭楼梯，一边絮絮叨叨地说着，把我们领进他楼上挨着右边的那间书斋。于是，我便在这之前一直是先生坐着的、只在窗口露出个脑袋来的那张最挨近光亮的椅子上坐了下来，在那儿映着窗外投射进来的夕暮时分的光亮，这才仔细地端详起先生的脸来。先生的脸还跟从前一样，看不出有什么变化。按先生自己的说法，他已是年届六十三的岁数了。我上先生的美学课，是进大学院①那一年，现在想起来，那一定是先生来日本后开的第一门课，从那会儿起，先生就已经长着现在这样的一张脸了。先生来日本应该有二十个年头了吧？我这么探问道。先生回应说，那倒还没有，不过到今年，确实已经有十八年了。先生的头发、胡须，若用英语形容，那就该用 Opal 这个词，是极浅淡的亚麻色，然后呢，就跟通常在西洋人那儿都会看到的那样，长得又细密又柔和，就算掺杂些白发在里边，也好像一点儿都不扎眼，更何况，气色跟原先也没什么两样，根本就看不出都已在日本住了十八年之久，一点都不见老。

跟先生看上去永远显得光鲜滋润的容貌相比，先生的书斋却裹了层昏聩漫漶的色泽。按说洋装书比起中国、日本的线装书来，它那挺括考究的书脊，通常让人觉着无论学问

① 即大学的研究生院。

还是艺术都会显得气派许多，可在这间书斋里，却并没见藏有什么能让我觉得眼前一亮的东西，只摆了张大而无当的书桌、四把褪了色的椅子，还有火柴、埃及卷烟和烟灰缸。我一边抽着埃及卷烟，一边和先生聊天。直到先生带我离开书斋，去了楼下的餐厅，自始至终，我对先生书斋里究竟摆了些什么书，又是怎么摆的，压根儿一无所知，就这么挨过了这段时间。

说到底，我的眼睛既不曾为华丽的烫金文字及红红绿绿的书脊所惊艳，甚至连纯净的白色都不曾触碰到过。因为先生的餐桌上也没见铺有西洋人家中通常视作必不可少的洁白桌布，只是换了块花色不怎么鲜艳的印花布，就这么铺天盖地地铺在那儿。说起来，这印花布，跟这之前一直存放在我家中、还是外孙女出嫁时女儿替她新置的那床新被套，是一模一样的纹样。而坐在这餐桌前的先生，也没有竖直衣领、系上领结。细纹皱纱的衬衫外边，只是很随意地套了件薄薄的蛋壳色西装。虽说先生一开始就关照我不必拘泥虚礼，可我还是不想太失礼了，便在白衬衫白衣领外裹了身藏青色和服。“你穿得这么端庄，我却穿得如此随意……”先生抢在头里这么说着的时候，这“端庄”二字让我觉得挺羞惭难当的。说真的，要说给手腕和脖子系扣上浆洗洁白之物便算很端庄的话，那我委实要比先生端庄多了。

我问道：“先生独自一人，不觉得寂寞吗？”先生回答说：“我一点儿都不觉得寂寞。”我又问：“想没想过回西洋去呢？”先生说：“我倒没觉得西洋真有那么好。不过，日本没演奏会，没戏剧，也没有图书馆和绘画馆，让人挺束手无策的，也就这些地方觉着不方便罢了。”我敦促他说：“请上一年来往的休假，上那边去逛逛，如何？”先生便回我说：“休假当然请得成，可我并不喜欢请休假。要离开日本的话，那就永远离开，再也不回来了。”

就这样，先生看上去既不怎么思念故乡，也未必就怎么嫌厌日本，一边天天亲眼目睹着矛盾、混乱、空虚、庸俗得跟自己的性格绝难相容的所谓新时代的世态，从周边过渡层①的底层，络绎不绝地浮涌上来，挟着一股非将自己陷埋在里边否则便决不罢休的威势，一路向前推进，一边又事不

① 指当时处于半封建的过渡时期的日本社会的状况。

关己，将这一切看作风马牛不相及，俨然发生在另外一个世界的现象似的，就这样，在我国度过了他那十八年波澜不惊的平静岁月。先生的生活，俨若被人悄然丢弃在了煤烟弥漫的街巷深处的古希腊雕刻，里边却有血脉流贯，在街巷的熙攘声中兀自流贯，要有多安静就有多安静。先生走路时，鞋底下是听不到半丁点儿鞋钉磕碰在铺路石上发出的声响的，就像活在公元前的半岛人一样。先生脚蹬一双柔软皮革制成的 sandale①，他就这么傍着电车，一路悄无声息地行走的。

先生从前还喂过一只鸟。他喂它吃一种也不知道从什么地方弄来的鸟食，就这么放养着。这只鸟和先生之间，听起来还颇有些奇妙的因缘，一旦将这二者在脑子里绾合到一块儿，我便会油然生出一种微妙的心绪。我曾亲眼见过先生从大学图书馆书架上拽下爱伦·坡的全集的情景，那已是好多年前的事情了。先生告诉我，爱伦·坡也好，霍夫曼也好，都是他所钟爱的。这个傍晚，我想起了那只鸟，便跟先生打听："那只鸟最后怎么样了？"先生回我说："你说的那只鸟

---

① 法语，一种古希腊、罗马人穿的平底凉皮鞋。

啊，死了。冻死的。一个寒冷的夜晚，就这么留在庭院的树枝上过了一夜，结果第二天就发现它死了。”

说着鸟的事，顺便又引出了蝙蝠的话题。安倍君劈头说道：“蝙蝠是鸟里边的怀疑论者。”先生反问他：“为什么这么说？”他便答道：“就因为它总是在微暗的天色里振翅飞翔的缘故。”这回答听上去似乎挺玄乎的。我说：“我挺喜欢蝙蝠的翅膀。”先生说：“那可是恶魔的翅膀。”那倒也是，出现在绘画里边的恶魔，不都总是背上背了对蝙蝠的翅膀吗？

这时，正赶上晚蝉挨近到薄暮时分的窗边，在那儿舒畅地鸣叫起来，围桌而坐的四个人，便侧耳倾听了片刻。我询问先生说：“这晚蝉的鸣叫，恐怕又会牵惹起您对意大利的思念吧？”就因为前不久，先生提到“蜥蜴很美”的话头，我便问他：“莫非是它牵惹起了您对意大利清澈蔚蓝天空的思念了？”先生回我说：“没错，是这么回事。”不过，说到这晚蝉鸣叫时，先生略略偏着脑袋，回我道：“唉，不对啊，不是意大利。”似乎他在意大利从没听到过这样的蝉鸣似的。

我们就在这座看上去就像笔误似的错误地点缀在了炎热的都市中心的老旧屋子里，静静地攀谈着这样一些话头。随后又谈到了菊花、山茶和铃兰，还谈到了水果，喝了掺有水果里最芬芳的、来自遥远国度的柠檬榨汁的水，还喝了咖啡，也听说了先生的嗜好，那便是在所有饮料中最好咖啡这一口。这之后，我便随同安倍君，在寂静的夜色里离开了先生的家。

盛大显赫的演奏会上几乎已找不到先生的面影。先生说："来日本后，就连触摸钢琴的事都没打算跟人提起过。"先生嫌厌浮华竟已到了这样的地步。先生谢绝了所有的演奏会，只是在自己的屋子里，趁自己高兴时，才坐到乐器前，独自聆听起自己演奏的音乐来。除了这个，也就只剩下读书了。

若是上文科大学去打听一下："你们这儿人格高洁的教授都有谁呀？"一百个学生里边恐怕有九十个学生，会抢在说出屈指可数的日本教授的大名的前边，回答说："冯·恺裴尔！"受到如此众多的学生的敬重和爱戴的先生，便怀着他对日本学生始终不渝的兴味，在这里持续了他长达十八年之久的哲学课程的讲授。先生本该早就离开这寂寞得令人沮丧的日本的，之所以还不曾离开，说实话，就因为他身边有这些值得他爱的学生。

那还是京都的深田①教授暂住在先生家中的那段日子，先生曾嘱咐过我："什么时候有空了，过来一起吃晚饭啊！"这之后，我没上先生家门，屈指算来，足足已有四个多年头。好不容易践履了这隔了四年多的前约，与安倍君一起离开先生的家，走进漫无际涯的黑夜里时，我率先想到的便是，"先生往后还愿意在日本住上多少年呢？"随后又想到，先生和我说起"要是离开了日本，那就再也不回来了"这句话时，引了爱伦·坡的一句诗："no more，no more。"②

---

① 深田康算（1878—1929），日本美学家，时任京都大学教授。

② 美国诗人、小说家爱伦·坡的代表性诗作《乌鸦》（*The Raven*）中的诗句。

奇怪的声音

上

脑子里懵懵懂懂胡思乱想着的当儿，我醒来了，随后，便听到了隔壁屋子里发出的奇怪声音。一开始我还在琢磨：“什么声音？哪儿传来的？”一时间还吃不大准，可听着听着，有个想法便渐渐冲着耳朵聚拢了过来：“这喀哧喀哧声，准是有人在剁刨山葵[①]、萝卜泥什么的给弄出来的。”我好像挺有把握地这么思忖道。思忖是这么思忖着，可眼下这时辰，隔壁屋子里没必要剁刨萝卜泥啊，我还是觉得不可思议。

我忘了说了，这儿是医院。楼下承办伙食的厨房，离这儿有半町[②]来地，不上那儿去的话，跟谁都打不上照面。病房里呢，炊事烹饪自不待言，就连点心都是一概禁止的，何况时辰又不对头，按说也不可能是剁刨萝卜泥的。一定是别的声音，只是在自己听来，像极了剁刨萝卜泥的声响罢了。

---

① 俗称芥末，一种香辛料作物，味道极其强烈。高地植物，株高约20至50厘米，地下根茎圆柱形，叶痕凹凸明显，为主食部位。为日本生鱼片佐料芥末酱的主要原料。

② 日本的长度单位，1町约为109米。

我随即心里这么觉察着。可真要如此，这声响又是从哪儿传来的？又是怎么传来的呢？这么一琢磨，结果还真是琢磨不透。

因为琢磨不透，我便又试着劝说自己，不妨去琢磨琢磨多少有趣些的事情吧。可这好生奇怪的声音只要听上一回，便会络绎不绝地鼓噪在鼓膜间，巧妙地作祟于我的神经，随我怎么想把它撇弃在脑后的也总是撇弃不成。周边鸦雀无声。那位患者将病恹恹的身子交托给了这间病房，就仿佛跟病房商定好了似的，一直是缄默着的。“睡着了吗？在想什么呢？”——从没见过有谁来跟他这么嘘寒问暖。就连护士在走廊里走动的草履声也从没听到过。在这寂静中，唯有这仿佛是在把什么东西剁刨成泥浆的喀哧喀哧的怪异声响，让我牵肠挂肚着。

我住的这间病房，原先是两间并作一间的特等病房，现在让医院重新筹措后，又分隔成了二间，备用的那间，用来安置火钵等杂物，和隔壁那间病房只隔了道普通的墙。架了病床的这间，六榻榻米大小，东边是六尺的壁橱，壁橱的旁边则是一道芭蕉布的拉门，似乎随时可以进出隔壁屋子，哗啦拽开拉门，隔壁在做些什么，一眼就能看清楚了的。不过，并不是什么大不了的声音，自然还犯不着贸然去拽开那扇拉门，免得唐突了人家。眼下正是天气渐渐暑热的季节，檐廊通常是任其敞开着的。这细窄绵长的檐廊，本是用来贯通整幢楼宇的，可考虑到患者上檐廊去时，过于一目了然，彼此会觉着不自在，便特意每隔开两个房间便安上一道门，把两边给隔断了。门板的上方，则用细横木条交叉出一个潇洒的十字。每天清晨，是仆佣擦拭清扫的时间，和往常一样，仆佣拿着钥匙从楼下上来，前去打开这一道道的门，我也便起身站到了门槛那儿。那声响呢，听上去好像就是从这道侧门的背后传来的。门的下面留有一道两寸左右的空隙，可那儿看去空无一物。

嗣后，这声音又反反复复地出现了好多回。有时，刺激我听觉神经的时间会持续上五六分钟之久，有时则稍纵即逝，还不到这一半的，就在我最终也没能有机会弄明白到底是什么声音时，说消逝就消逝了。那患者是个很安静的男子，时常会在半夜里悄声细语地唤醒护士，而护士也是个特别值得称道的女子，只要一叫唤，也不管一次两次的，看上去总是快活而又优雅地应上声："我来了！"马上就起身赶去，随后便替患者忙碌着些什么。

那天正好是医生查房，查到隔壁那间时，估计要比平常逗留的时间长些，我正这么感觉着的当儿，便听到了有人在那边悄声细语地说话。听上去像是有那么两三个人，互不相让地交涉着什么，声音听上去显得有些湿重。好不容易才只听清了这么一句，是医生在说："反正您的病也不是那么一时半刻就痊愈得了的，所以呢……"接下来的两三天里，进出那位患者病房的人，便会在一旁嘀嘀咕咕说上些什么，不过，看上去像是当着患者的面都有所顾忌似的，举手投足不免有些敛气屏息的意思，而患者自己呢，也仿佛跟影子似的，不知什么时候晃到哪儿去了。就这样，随后第二天，便又有新的患者住了进来，挂在门口立柱上的那块黑底白字写着名字的木牌，也已被重新换过了。就在这照例便会响起的喀哧喀哧声还没待我究明其真相的当儿，那位患者便已出院了。而转眼间，我自己也出院了。随后呢，我那份对这声音的好奇，也便戛然而止，彻底消失了。

下

刚出院三个月，我又重新住进了上次住过的那家医院。要说有什么不同，也就只有一处不同而已，病房换了原先紧挨在西边的那间。隔了一道墙的原先那间病房，现在都住进谁了呢？这么思忖着，留意着，终日里却连一声东西掉落在地的声音都听不到地空空如也着。再过去一间，便是照例会传来异样声音的那间病房了，可如今换了谁住在里边呢？却是一无所知。从那时起，听到这声音的我的身体发生了极为急剧的变化，这种急剧变化映入脑中，便动荡并模糊了我对过去的那段印象，还不断波及我眼下的处境，就跟层层荡漾的涟漪似的，与其说是这些原因使得我一时竟无暇去回想剁刨山葵泥之类的事，还不如说，我此刻更在意的，是与我命运正相类近的这些住院患者的来龙去脉。我跟护士打听："一等病人共有几位？"护士回答说："只有三位。"我又问："病得都很重吗？"护士又回我道："好像都病得不轻。"接下来的这一两天时间里，我又从护士那里打听到了这三位的确切症状。一位食道癌，另一位胃癌，剩下的一位胃溃疡。

"说是剩下的日子都不长了。"护士对他们的命运稍加归纳后，这样预言道。

我观赏着放置在檐廊里的秋海棠的小小花蕊，打发着自己的日子。本来买的该是菊花。就因为花匠跟我说，菊花是十六贯①的价，我还他五贯，可这个价没能谈拢，我转身要走，他说，那就六贯，贱卖你了，可实际上并没有贱卖。"就因为今年洪水，菊花价特贵。"我一边回想着卖我海棠花的那人对我这样解释的话，一边在脑子里勾描着庙会那天，熙熙攘攘的街道的夜景。

没多久，食道癌那男子便离开了医院；胃癌那位则是说着"死这东西，只要你不灰心不放弃，一点都没什么的"，神态安然地死去的；胃溃疡那位的病情也在渐渐加重。半夜醒来，东边尽头处那边，时常会传来照料病人的护士在那儿捣冰块的声响，待这声响一停息，也便同时宣告了病人的死讯。我于是在日记中这样写道——

---

① 日本货币单位。明治时代起，一般 10 钱为 1 贯，16 贯则合 1 日元 60 钱。

三人里边走了两人，就剩我一人了。对亡故者，苟延残喘的我唯有深感歉疚。那位患者一直呕吐，嗷嗷呕吐声始终从那头传到这头，震耳欲聋，可最近两三天，突然听不到那呕吐声了，我还在揣想："多半是止住了吧。这下好了。"现在才知道，患者实在太疲乏了，就连呕吐出声的力气也都已消耗殆尽。

这之后，患者川流不息，走了又来，来了又走。随时光推移，我的病却在慢慢地好起来，到后来，居然可以穿上轻便草履，上宽敞的走廊里四处散起步来。也就在这个时候，因为一件不经意的小事，偶然和那个照料过已故患者的护士搭上了话。那天天气挺暖和，吃过午饭后，我正打算出去溜达溜达腿，顺便给水仙换下水，便去了盥洗室，刚拧开水龙头，正赶上那护士拿着她看管的病房的茶具前来洗濯，她一边像往常那样跟我打着招呼，一边瞅着我手中的朱泥水钵，瞅了好一会水钵里盛满的水鼓胀成的球面状，这才终于将视线挪移到了我一侧的脸颊上："看您的气色，比上一回住院那会儿可要好多了。"她似乎是在拿三个月前的我和眼下的我比较了一番过后这样评论道。

“我上回住院那会儿，你也在这儿照料病人？”

“是呀，就是您隔壁的那间。在某某先生那边待了段时间，您也许不知道。”

她说的某某先生，便是我东边的邻居，弄出奇怪声音来的那位。我看了这护士一眼，心想，她就是当时半夜三更，让人一叫唤，便马上一边亲切地应上声“我来了！”，一边披衣起来的那位？不由得暗自稍稍吃了一惊。不过，那会儿，我的听觉神经正饱受着奇怪声音的刺激，自然顾不上再去留意别的声音。于是，我擦试着朱泥水钵，随口应了声：“啊，是么？”接着，女子突然间压低了嗓门，和我讲起了这样一番话来：

“那会儿，您备用房间那边，时不时会有奇怪的声音……”

就跟不经意间遭人突袭了一般，我愣愣地看着那护士。护士接着又说：

“一到早上六点钟的光景就会传来，好像天天如此，从不爽约。”

“哦，你说的是这事儿啊？”我仿佛一下子想起来似的大声说道，“那呀，是自动皮革磨刀布弄出的声响。不是每天早上要剃胡须吗？那是用来磨剃须刀的皮革磨刀布呀。现在我也还在用。你若不信可以来看一下。”

那护士只是“嘿——”了一声，似信非信。再听她渐渐往下说，我才知道名叫某某的患者似乎对这皮革磨刀布格外在意。“是什么声音？什么声音？”他常常这样追问。护士回他说她也不清楚是什么声音后，他便翻来覆去说：“多半是住隔壁的兴致高，大清早的，一起床就在运动了，估计是运动器械的声响吧，真叫人羡慕啊！”

“这我听明白了。可你们那边又是什么声音呢？”

“你说‘你们那边又是什么声音’？”

“哎，我是说，不是时常也会传来像是正在剁刨萝卜泥的奇怪声音的吗？”

“哎呀，您是说这声音啊！是我在剁刨黄瓜啊。患者的脚烧得受不了，央我用黄瓜汁替他做冷敷，所以我始终在那儿给他剁刨。”

“那，怪不得听上去像是在剁刨萝卜泥似的。”

“是呀。”

“原来是这样，你这么说，我就慢慢明白了——某某先生到底得的什么病？”

“是直肠癌。”

“那，照料起来可不容易哦。”

“是呀，早就有了这准备的。从这儿出院后没几天他就死了……”

我默然无语地回到了自己的病房，随后便在心里寻思着比较着，一边在用剁刨黄瓜的声音搅扰得别人心神不宁，一边却又在歆羡着蹭磨剃须刀的皮革磨刀布发出的声响，一心想让自己也能活得那样快活，这二者之间，到底有着怎样的不同呢？

附录（代译后记）

之一：
《野草》与《梦十夜》

二十世纪初，鲁迅先生负笈日本留学，前后长达八九年之久。先是学日文，接着学医，想借此治病救人，但出于医治国人羸弱的心智精神的目的，又毅然转向文学，写下著名论文《摩罗诗力说》，与胞弟一起用古雅的文字翻译了两大册《域外小说集》。可以说，先生的文字创作准备期，差不多是在日本留学期间完成的。这一时期，即日本大正年间的社会文化思潮对先生的思想和文学趣味的影响，日本著名学者伊藤虎丸已作有详细的考论（参见其为日本学者所编多卷本《创造社研究资料》写的长篇序论）。另一方面，先生对此期间的日本文学及作家，真正感兴趣和喜欢的却寥寥无几，这恐怕也是一个事实。芥川龙之介是先生最喜欢的日本小说家，他擅长从一段古代的遗闻轶事或佛典传说中，点化渲染出一篇篇想象奇丽、感觉诡异的小说，如《罗生门》《鼻》《芋粥》《蜘蛛丝》《杜子春》《秋山图》等等，无疑给先生留下过深刻的印象，它们对日后先生写作《故事新编》，肯定是有启发的。先生所喜欢的日本作家，其次即要算是夏目漱石了。按照周作人的见证，当时有一段时间，先生曾四处搜读过漱石的作品，并推定，先生日后所写的小说，虽然与漱石风格不同，但“其嘲讽中轻妙的笔致实颇受漱石的影响”。

而根据我的研读，影响显然还远不止于此。在我看来，有着像“青白冰上却有红影无数，纠结如珊瑚网”的“冰结的火焰”这样怪诞艳丽的意象、在先生整个文学生命中显得极为奇特和不可多得的散文诗《野草》，与漱石的散文组诗《梦十夜》之间，无疑即是一个适宜于比较文学研究的上好课题，而后者同样在漱石的创作生涯中占有奇瑰的一页。据周作人回忆，漱石的《虞美人草》在《朝日新闻》上连载时，先生曾热心地逐日耽读，因此，我们没有理由可以推想，漱石这组异常奇丽的散文诗《梦十夜》，会在先生的视野中滑眼错过。

现有的《野草》研究中，在讨论到《野草》与异域文学及文化的关系时，学者们的眼光大多集中投注在波德莱尔的《巴黎的忧郁》《恶之花》以及尼采的《查拉斯图拉如是说》

上，而几乎未曾见到有人提到漱石的《梦十夜》。但其实，《梦十夜》与《野草》之间的关系，才是更微妙、更对应、更具文学比较研究价值的。当然，这一工作不是我这篇短文所能胜任的，因而尚需另找机会做详尽仔细的考论。我近日所能做的只是两件事，一是着手将夏目漱石的《梦十夜》译成中文，以便同好作参证研读；二是在这篇短文中，将这两组散文诗的若干微妙的对应处，先作一点简略的暗示。

首先是写作的心境十分接近，它们几乎都是两位文学大师披沥隐秘深藏的内心世界的作品，或者说，是心情异常孤独、阴郁和痛苦时的产物。关于《野草》的写作背景，先生在不同时间不同地点对不同的人都有大致相同的解说。一九三二年他在给《自选集》写序时回忆说：《新青年》散伙后，有的高升，有的退隐，有的前进，自己则“依然在沙漠中走来走去”，“有了小感触，就写些短文，夸大点说，就是散文诗，以后印成一本，谓之《野草》”。一九三四年七月九日在给萧军写的信中称：“我的那一本《野草》，技术并不算坏，但心情太颓废，因为那是我碰了许多钉子之后写出来的。”

漱石写《梦十夜》时，也正为一种莫名的生存的“罪恶感”所苦苦纠缠着。明治三十八年（1905）一月十五日，他在致野间真纲的手绘明信片中写道：“我做梦梦见，从前犯下的、后来已悉数遗忘了的罪恶，像张贴布告般地张贴在我枕边的墙上，我无言自辩，这罪恶多半是杀人的事。”这种莫名的、有关生存的“负罪感”，同样也流贯在他的《梦十夜》中，并构成了它主要的情绪色调。

其次，两者在句式上也很接近，《梦十夜》中的不少篇什，开篇便是“我做了这样一个梦”，而《野草》，如所周知，同样也具有半幻想、半现实的梦魇性质，《野草》中的好多篇什，也都是用“我梦见”起句的。

《野草》的基本意境是，在黑夜的微明中，有鬼魅的形状，影子的私语，还有凄厉得艳美的奇迹和捉摸不定的幻象，鬼魂处在失去自己的影子的边缘，梦中人正在读一篇因损毁而变得漫漶不清的墓碣，以及跃动在冰中的死火，它们那奇特的美和怪诞的恐怖，令人震骇，又为之深深吸引。

它们其实都是先生对自己深隐莫测的内心世界的“黑暗面”的一次又一次的发掘和窥视，这种发掘和窥视，必然伴随着巨大而深刻的心理痛苦，因而需要有超乎寻常的道德勇气和义无反顾的胆魄，正像那则镌刻在墓碑上的奇特碣文所言：抉心自食，欲知本味，创痛酷烈，本味何能知？

把种种生存现象放置在一个个极端的境况上，加以毫不留情的追诘和拷打，这是两位大师的散文诗不约而同所趋赴的品格和境界。漱石的《梦十夜》中，也不乏那种类似于毒蛇自啮其身、欲知其心之本味的道德自审的惨酷场面，以及由此所需要的承受巨大痛苦的勇气和定力。如《第三夜》中，被“我”当作自己的孩子驮在背上赶路的那个双目溃烂的六岁男孩，其实即是一百年前被“我”杀害的盲人。以下为译文，或许可以略见一斑：

“到了，就是这儿！正好是在那棵杉树底下！”

孩子的声音，在雨中听起来显得格外地清晰。我不由得停下了脚步。不知不觉间已来到了丛林当中。相距一间屋子开外处的漆黑之物，确如孩子所言，是一棵杉树。

“爹，就在那棵杉树的底下！”

“哦，是吧。”我不由自主地应了声。

“是文化五年辰年吧？”

没错，好像是文化五年辰年的事。

“你杀我，距今正好一百年！”

话音刚落，我的脑子里立时醒悟到了这样一个场景：距今一百年前的这么个昏黑的夜晚，就在这棵杉树下，我杀了一个双目失明的人。我原来是个杀人凶犯！刚意识到这一点，背上的孩子便骤然间变得像石地藏菩萨一般地沉重起来。

之二：
《梦十夜》译跋

去年是鲁迅先生六十忌辰，我写了两篇短文：《在东京，遥想鲁迅》和《〈野草〉与〈梦十夜〉》。先生心灵的博大精深，岂是谫陋如我的人所能窥其堂奥的，但两篇小文虽不足以尽抒追怀之心，毕竟多少表述了一个领受过先生惠泽的后来者发自内心的几缕景仰之情。前一篇小文本来是替一位朋友救的急，北京一家杂志事先约他写，他也答应了的，结果人家留下版面等他寄文章去好发稿时，却赶上他正忙着打点行装上日本有名风景地长野轻井泽附近的一所大学去讲学，临行前夕，他把这事转托给我，而我也就答应了。谁让他是我朋友呢！我很快就把它写了出来，记得写到结束时，心底还隐隐起了阵久违了的激动。看来，这篇文章该属我写，我那位朋友托我还是托对了。时隔不久，另一位在山东编随笔副刊的朋友，也来信约我写篇纪念文章，我想起几年前在东京庆应大学进修，读夏目漱石的《梦十夜》时，感到似与先生的《野草》之间存在着一份隐在的关联，而对此，国内的研究界还未见有人涉及过，但要对之做出考论缜密的研究，一时又谈何容易，所以这事就一直搁着，现在经朋友提醒，觉得虽说写正儿八经的论文至今仍是力不从心，但稍稍谈点直感和随想还是可以的，于是就把那点直感和随想信手写了下来，寄走了事。大约半年过后，我把这两篇小文收进了我在北京出的一本名为《幻视中的完美》的杂著中，拿到样书后，便给长沙我心仪已久的诗人彭燕郊寄去了一本。我无缘侍立燕郊先生的门墙，并且至今与他缘悭一面。一九八〇年代前期，有两套书给我留下过很深的印象，一套是荟萃名家名译、湖南人民版的《诗苑译林》，另一套是漓江版的《国际诗坛》，它们成了我日后有可能对世界和人努力保持一种诗意的感悟和领受心态，以及有机会涉足诗学研究之门的一份重要思想资源，而主其事者便是彭燕郊先生。去年我为上海文化发展基金会《世纪的回响》丛书选编已故诗人、诗论家梁宗岱先生的一本诗论集，更是从他那里得到过许多直接的扶掖。我们前后有过十数次的书信往来，我俨然有了以忘年交的身份在书信中倾听和述说的机会，内中的一些经过以及我的感铭，我曾另文写过，不赘。不出一星期，燕郊先生就给我来了信，说了一通奖掖的话之后，接下来便开口向我索要夏目漱石《梦十夜》的译稿看，他说他是《野草》迷，急欲了解这段从未见人提起的文学因缘，想一读《梦十夜》而后快。我在那篇小文中说过，要详尽仔细地考论《梦十夜》之于《野草》的微妙关系，绝非一篇短文所能胜任的事，近日所能做的只是两件事，一是动手把夏目氏的《梦十夜》译过来，以供同好参证研读，二是将这两组散文诗若干可资比较的对应处先在短文中略作提示。后一点是不是做到了家我不敢说，但至少前者我没有食言，一俟那篇短文寄出，即着手去做了的。译稿完成后，为慎重起见，我将它寄给南京负责一家出版社的朋友，他们那里有个专门刊布译文的杂志。谁知他前脚刚告诉我译稿已找人去看，《梦十夜》后脚就差不多同时从看稿人手中退到了我的手里，原因是，该刊需要的只是当代作品，最好是当红、走俏的，《梦十夜》已是快一个世纪前的作品了，自然不宜。这多少让我觉得有点愕然，也长了份见识。因为以我所接受的文学熏染以及我所仅有的那点学养，只知道作品有好和坏，以及有还是没有持久、深入的对人性的感悟力之分，却不知道还有时间的远与近这一说。对文学而言，有的千年以上的作品，至今读去仍觉其清新异常，所谓常读常新，值得和经得起新的、现代视角的读解，从中不断开出新意来，而当下新出世的作品，倒有不少很可能自出生之日起就已显得苍老不堪，不值得也经不起仔细去读解。所以以时间为主要参数的进化论观念，用于对文学作品价值的评判未必可靠。但这一并不深奥的道理又不是人人都能接受的。就这样，《梦十夜》重新躺回了我的抽屉里，一躺就是半年有余，不是燕郊先生急着索看，不知它还会躺上多久。

燕郊先生看了《梦十夜》译稿，告诉我："果然是好！"正好有《芙蓉》编辑上门，本着"奇文共欣赏，疑义相与析"的陶渊明精神，主人出示了这份译稿，也许一半是受了燕郊先生的感染，一半是《梦十夜》本身魅力使然，客人径直答应拿到他编的刊物上刊布，而能偏师借重《芙蓉》，为更多的《野草》心仪者提供一份参证研读的文本，本也是我心之所愿。但接下来，燕郊先生郑重其事，并且"越俎代庖"地替《芙蓉》编者来信，要我就《梦十夜》与《野草》再写篇文章，却无形中让我有了勉为其难之慨。一来是，这段时间手里正忙着别的事，难以腾出手来从从容容地写篇有点分量的文章，二来也是最主要的，是眼下我还说不出更多的新鲜见解。不得已只好求其次，借《梦十夜》译稿刊布之机，将我去年写的那篇短文附录在后面。读有余兴的读者，不妨还可以去找一找《世界文学》今年第二期上日本作家尾崎秀树的一篇随笔《鲁迅与夏目漱石》，里边也提到了《野草》和《梦十夜》之间可资比较参证的一些迹象。这多少也应了“天下一致而百虑，殊途而同归”这句考话。

那么，在《野草》的研读中，重新加进《梦十夜》这一参照，会不会无形中导致对《野草》原创性力量和价值的怀疑和削弱呢？我以为不会。关键是怎么去理解原创、独创这类概念。一般说来，人们更有理由去看重文学作品的原创性，看重作品中的真情实感、直接的经验和感悟，但事情显然还有另一面。实存的世界固然为作家提供了写作的情感和素材之源，但另一方面，作家阅读其他作家或已有的那些卓越的作品，也是引发他写作欲望的一个重要动力源。也就是说，心灵与心灵间的碰撞和启发，精神的挑战和应战，或者说文本的互动，同样也是写作不可或缺的动力源之一。托马斯·S. 艾略特曾经提出过一个极易孳生误解，却又非常值得人深思的看法。他说，古今中外各种文学无不处在一个共时态的结构中，每一种具体、特殊形态的作品无不与整个已存的文学世界相关联，前者身上必然会有后者的隐性血缘和精神投影，而反过来，任何新作品的出现，也会导致整个既成文学世界秩序的哪怕极为轻微的重新调整。我说不清《诗经》《楚辞》直接的文本摹本是什么，但我想说，自他们之后的中国绝大多数作家作品，都有其文本上的家门可供后人寻索。进入二十世纪以来，这种文本的互动现象在中国作家身上更是有了世界性的拓展，由此也意味着中国文学不再只是一种区域性精神现象，它从此进入了世界文学的序列格局。鲁迅自己就不止一次对人说起，他写的小说，便是读了几十家东欧、俄罗斯和日本小说家作品的直接结果。像维特根斯坦这样一无依傍，只着重自己怎么思，而从不顾念别人怎么想的思想家，在已有的人类著述史上毕竟只是一个异数。正像每个“五四”作家背后，都可以找到几个异域精神父母的影子一样，我们同样可以从《梦十夜》里，依稀读出若干《野草》的渊源。不过，《野草》虽然沿用了《梦十夜》

的一些抒写角度，从中汲取过一些启示，但在精神和心理的深度和密度上，用不着具备太精细的辨析力者也可看出，显然要在整体上超过它精神之父之一的《梦十夜》。我说《梦十夜》是《野草》的影响源之一，是因为据已有的研究，我们知道《野草》的身上除留有波德莱尔和尼采的一些血缘外，甚至还有着对生死大彻大悟，视死为“大欢喜”，亦不畏生之“苦行”的原始佛教教义及意象的影子（而这种教义的印迹，细心的读者也将不难从《梦十夜》里体悟到。里边的“第二夜”更是一则直接与佛教有关涉的故事）。但无论是面对《巴黎的忧郁》《查拉图斯特拉如是说》，还是《梦十夜》，《野草》又分明显得是那样的卓尔不群、与众不同。鲁迅的文化原创力不仅没有因为影响源的存在而被掩，恰恰相反，正是对世界性的现代思想资源，在中国特定语境下重新选择、编码和再创性重构，使得《野草》获得了一种世界性的水准和品格，我以为，这也正是它何以经得起不同地域的后人一再阐释和读解，并且常读常新的根本原因之一。

一九九七年六月八日